わたしの鶩鳥・墳墓

稲沢潤子

Junko Inazawa

花伝社

目次

わたしの鷲鳥

四月のある日、私は満員の通勤電車の中で偶然に木内礼子と行きあった。礼子とは女子大時代の友人である。

はじめは礼子とわからなかった。礼子はもともと色の白いたちではなく、むしろ小麦色で、それもあまり艶のよいほうではなかった。通勤電車で見る礼子は、その小麦色がいっそう艶なく沈んでいた。

いちばん変化が激しかったのは、目もとから頬のあたりにふくらみのある肉がつき、柔和な丸顔になっていたことだ。礼子は化粧をしていず、ただ口紅を引いただけだったから、朝の光の中では、ことさら不釣合で不健康な丸顔となっていた。

礼子とは学校を卒業して以来、もう十年近くも会わなかった。卒業して十年くらいでは、人はそう変わらない。急に太ったり痩せたりすることがあっても、そのころから太りそうな様子、痩せそうな様子が、なんとなく肌の下に漂っているから、変化があってもあまり不思議に思わないのかもしれない。

が、あんなに細く、まるで肉というものがうっすらとしかないようだった礼子が、こんな丸顔になるとは予想もしないことだった。礼子の尖った顎は、柔らかい丸みをもち、かすかな二重を描いていた。

礼子は満員電車の中ごろの席で、首をのばして私のほうを見ていた。私はドアに近い場所で押しつけられて手すりを握っていたが、視線を感じて礼子のほうを見た。そうしてはじめ奇妙に思い、それからふいに礼子だと感じて声を出そうとした。顔の輪郭ではわからなかったが、切れ長の眼と細い眉が礼子を思いださせた。

声をかけようとして口をあけて、私は一瞬、声の形に口を開いたまま、吐息だけを出してやめてしまった。礼子ならば視線が合ったときに、なにか反応を示すはずだった。礼子は私の視線を受けとめたけれど、不快げに見つめかえしただけだった。といって、視線をそらそうともしなかったのだが、私は人違いだったかと思い、あいまいに視線をはずした。性急な思い込みに、私はなんとなく頬が赤らんだ。

が、しばらく外の景色を眺めていて、やはり私は礼子だと思った。くすんだ草色のワンピースが、色といい形といいどことなく流行遅れで、しかしそれを十年前に置きかえてみると、急に生きいきとして小癪な、小枝のように細い礼子の姿が浮かんでくるのだ。礼子はくすんだ草色を好んでいた。

礼子はマルクスだとか、日帝だとかとしきりに口にした。

「なんてあなたはだめな人なんでしょう。木の根っこのようだわ」

一度、礼子にそういわれたことがある。夢がなく、鈍感だというほどの意味だろう。決めつけるようでいて、それでいて軽やかな声の響きだった。だから私は腹も立たず、礼子のことばに金の首飾りのような繊細さを見た。礼子にあっては、虚無ということばさえもみずみずしく輝いていた。

礼子のほうで私を忘れているのかもしれない。木の根っこである私は、ついに礼子に親近感をそそられなかったのだし、礼子とはクラスも違っていた。半年も寮の隣り合わせの部屋に住んでいたのに、私が礼子に近づかなかったのと同様に、礼子のほうでも私に正直な批判を浴びせた以上には関心を示さなかった。

寮の狭い階段で行きあうとき、私は礼子とはあまり口をきかなかった。礼子はいつも、なにかに気をとられているかのように顔を上げ、敏捷な歩幅を保って歩いていた。私などは風景の一つにすぎなかった。私もそれを感じて、礼子とすれちがうときは、どことなくよけて通るところがあった。

礼子は私を裕福な学生と思いこんでいて、私から話しかけないかぎり、めったに私に声をかけてこなかった。そして私も、礼子が自分を貧乏で不幸な学生というからそのとおりに信じていて、礼子の前ではなんとなく肩身を狭くしていた。

礼子は毎夜遅く帰ってきた。校門から寮までの暗い構内を、おそらく一人ではなかったのだろう、夜更けてどこからともなく帰ってきて、アルバイトに追われている身とはいえ、けっこう楽しそうだった。

礼子は深夜、共同炊事場でお茶を沸かしたり、洗濯をしたりした。夜中にガス火で秋刀魚を焼いたので、煙が狭い炊事場に充満し、窓から外へ白いかたまりとなって流れだし、板壁の隙間から居室まで流れこんだ。礼子は羹甕を買ったが、少しも悪びれることなくやりかえしていた。それでさらに顰蹙を買った。そのうち礼子はわがままな変わり者ということになり、寮生からあまり相手にされなくなったようだ。

私は礼子に自分にはないものを感じ、一目置いていた。それは礼子の細い首飾りのような過敏さだった。私は礼子が早く謝ってくれればよいと思った。が、礼子はあやまりもせず、まるでデモンストレーションのように翌日もまた炊事場を煙だらけにしたので、私は礼子のために弁護することばを何ひとついわなかった。その代わり、礼子を非難することもしなかった。

私が礼子に同情しながらも無言でいたのにはわけがあった。同情すると、まわりの寮生からではなく、当の礼子から軽蔑されそうな気がしていたからだ。

礼子が私を裕福な学生と思っているので、実をいえばあまり裕福ではない私は、礼子と話してもいっこうに愉快になれず、かえって気分が沈んでゆくからだった。

よくつきあってみれば、礼子が過敏でやさしい神経をもっていることがわかったかもしれない。そのやさしさは、金の首飾りのようにきらめいていたかもしれない。が、私はそのきらめきに危険を感じ、礼子とつきあうのを避けたのだ。

礼子が寮で自殺を図ったのは、そのころのことだった。礼子の泣き声を、私ははじめ風の音と思っていた。その風の音が急に激しい叫び声に変わった。私が礼子の部屋をノックすると、鍵はかかっていなくてドアはすぐ開いた。

寒い朝だった。礼子は涙をあふれさせ、口からどろりとした汚物を吐いてまきちらしていた。

四つん這いになってふりかえった礼子は、

「血よ。血が出たわ」

と涙をこぼして私に訴えた。

私はすぐ部屋を飛び出して、階下の寮生に知らせた。ヘルスセンターの看護婦が来たとき、礼子は痛い痛いと泣き叫んで、容易にじっとしていなかった。吐いた物に血は混じっていなかった。看護婦が、

「痛いのはあたりまえです。がまんできなけりゃ死になさい。臆病者、あなたのしたことはみんなわかっているのよ」

と叱ると、礼子はそのいい方が気に食わない、「非人間的だ」といって、さらに高い声で泣いた。その日一日中、礼子は看護婦をののしりつづけた。

礼子は睡眠薬を飲んだのだが、死ぬには少し量が足りなかったようだ。

夕方、礼子の姉がケーキの大きな箱を抱えてやってきて、

「どうせ、狂言自殺よ。ほんとに困った人ったらありゃしない」

と、私にいった。

「でも、ほんとに死ぬ気だったのかもしれないし」

と、私が礼子をかばうようにいいかけると、

「いいえ、狂言にきまっています。死ぬ気などありゃしないんだわ。ほんとに困った人。あな

た、だまされてはいけませんよ。あの子、そういう子なんです」

礼子の姉はそういって、私にケーキの箱を押してよこした。

ひとかかえもある大きな箱に、ショートケーキが二段になって詰めこまれていた。あんまりたくさんのケーキなので驚いた。礼子の姉は箱に定量以上のケーキを詰めこませたのだろう。それは礼子の姉の素朴な心配りを感じさせたが、押しあいへしあいしているケーキを眺めていると食欲もなくなり、礼子の姉というのも、どこか不思議な人間に思えてくるのだった。

自殺未遂があってから、私は礼子と目に見えて疎遠になった。礼子を避けるつもりはなかったが、あの朝の話題を避けているうち、自然にそうなった。

「お世話になりました」

ある朝、私は礼子にそういわれた。私は返事をするかわりにぺこりと頭を下げた。

「わたしが死のうとしたこと、あなた、知っているでしょう」

礼子は詰問するようにいった。

「いいえ」

私はしどろもどろになって答えた。看護婦に口止めされていたからだ。睡眠薬の箱がこれ見よがしに机の上にあったのを看護婦はすばやく片づけてポケットに入れ、いってはだめよ、絶対にいってはいけませんよ、あの人は急性胃炎よ、と怖い顔で私たちに何度も念を押した。

「ご存じのはずだわ、あなたは見ていらしたわ」

「ええ、でも胃痛だと思って」

「嘘よ。わたしは思想に挫折したのだわ」

それきりだった。それでも私たちは、礼子があの朝、突然の腹痛に苦しんだかのように礼子に接した。そのうち私には、礼子のことがほんとうに自殺だったのか、それとも腹痛だったのかわからなくなっていた。礼子が自分で自殺といえばいうほど、なんだかそうでないと思われてくるのだ。


まもなく礼子の件は、胃炎でも睡眠薬でもどうでもよいことになった。礼子がもとのように元気なり、前のように高いなめらかな声で喋りはじめたからだった。そうなると礼子の件は、大げさな、人騒がせな騒動ということに落ちついた。私も、礼子が自殺しかけたことをほとんど思いださなくなった。しばらくして礼子は寮を出てアパート暮らしを始め、私もそれからはほとんど礼子のことも事件のことも思うことがなくなった。


電車の中で会ったのはやはり礼子だった。終点で降りて思いきり悪くふりかえってみると、彼女のほうで私に近づいて来、声をかけてきたからだった。

「変わったでしょ。わからなかったでしょ」

礼子は、久しぶりに会ったにしては愛想のない、つまらなそうな声でいった。

私は礼子の面影が学生のころとすっかり違って病的なので、かえって変わったといえず、黙っていた。

「わたしのほうこそ」

よく覚えていてくれたのね、というつもりだった。私は長いこと会わなかった人に見せる笑顔をつくっていた。礼子の無表情にとまどいながら、私は、電車の中で視線が合ったのに、礼子が少しも気づいた様子を見せなかったことをいった。

「電車の中でそんなこと、あなた、みっともないじゃないの」

礼子は不機嫌に人の流れに沿って歩きはじめた。私もあとにつづいた。

私は健康でなさそうな礼子の様子が気になったが、学生時代にあまり親しくなかったことも思いだされ、失業保険を貰いに行く途中だからといって、なるべく早く礼子の傍を離れようとした。私は業界誌を発行する会社に勤めていたが、自由に記事を書きたいと思って、十年勤めたそこをやめたばかりだった。ところが礼子は、

「つきあうわ。ね、つきあうわ」

とすがりつくようにいって、雑踏をふりきり、人波にもまれながら私についてくるのだ。私は失業保険をおろす手続きをするだけだったから、礼子がいようがいまいがどうでもよかった。ただ、礼子のゆがんだつまらなそうな顔だけが私を滅入らせた。私は自分の勝手とはいえ、職を失っていたので、不愉快な顔とつきあいたくなかったのである。

私たちは駅前通りを横切り、狭い飲食店街の裏通りを抜けた。そこを抜けると、目の前に古い

小さな公園がある。公園を突っきると近道だった。だれも乗らないブランコの横に、しおたれたような桜が満開だった。

「ずっと病気だったから」

と礼子がいった。

「何の病気?」

「腎盂炎」

私は腎臓病になるとむくみがくることを思いだし、礼子が太って見えるのは、太っているのではなくむくみのせいだと思い、そうなると礼子の不機嫌さもすべて納得されて、

「ああ、腎臓病ね」

と、軽く受けた。

「そうじゃないわ。体に腎盂というところがあるでしょう。腎盂、腎盂炎よ」

礼子は怒った声で訂正した。


その日、職業安定所で私の用件を済ませると、今度は私が礼子につきあう番だった。なぜつきあう羽目になったのか、私にもわからない。しいていえば、私の優柔不断のせいだろう。私は鮮やかに身をひるがえすすべを身につけていない。相手が傷つくのではないかと余計な心配をして、譲れるところまで譲ってしまう。そしてついに自分自身が傷つくという始末になる。いつも守勢

なのでそんなことになるのだろうし、私もそれでいいとは少しも思っていないのだが、そうならないためには相手の心理を読み、緊張していなければならないので、それもまた私にとってはつらいのだ。私は礼子とつきあうことに危険を感じていたが、その危険に向きあって礼子を救ってやろうという気はなかった。できれば離れてしまいたかったのに、そうすることができなかったのは、自分を不人情な人間だと思いたくなかったからだろう。礼子が安定所にまでついてきたのは、その後のことをあてにしていたのだとは、あとになって気がついた。

礼子はその日、勤め先の設計事務所から解雇されていたのである。給料だけ貰いに職場へ行くのがその日の彼女の用事だった。とにかく一日だけ礼子につきあおう、と私は思った。私たちはさっき降りた駅に戻った。

礼子は卒業するとすぐ教職に就いた。しかし教師をやめ、設計事務所の事務員になっていた。

「病気したからね」

と、礼子は弁解するようにいった。

「病気して長く休んだけれど、組合が守ってくれたのよ。でも、もう組合も守りきれなくなってしまってね」

教員時代のことだ。

「あたしが教室で変なことばかりいうんですって。生徒が、先生おかしいっていうわけ。あたしだってまちがうことはあるわよ。それで生徒とけんかして、あんまりたびたびけんかするものだから、生徒が職員室に来て抗議したり、保護者に告げ口したりするわけなの。それで、あの先生おかしいってことになってしまったものだから、だから、あたしは教師をやめました」

歩きながら礼子は、これまでのいきさつを何の感情も込めずに淡々と話した。礼子は卒業してすぐ結婚したようだ。相手は礼子より年下だった。あたしと結婚したいといったから結婚したのに、出てゆきたいといったから行かせてあげました、と礼子はいった。別れたあと礼子はべつの結婚をし、それも別れた。そのことも礼子は、

「だから、あたし、別れてあげました」

と、いやに丁寧に抑揚のない声でいう。そして、でもあたし、ノイローゼになって入院しなければならなかったのよ、とこれも同じような口調で続けた。ノイローゼになったので別れ話が持ちあがったのか、別れたのでノイローゼになったのか、それははっきりしなかった。礼子はどちらにもとれる話し方をした。とにかく病院に入院していたその間を、組合が休職期間として、礼子のいい方でいえば「守ってくれた」ものらしい。

話し相手の私が無口だったから、礼子の話し方も流暢ではなかった。私はただうなずくだけだった。私が何度目かにうなずいたとき、ふいに礼子が聞いた。

「あなた、あたしが自殺しかけたこと、覚えていらっしゃる?」

「ええ」

私はうなずくよりほかなかった。

「前、知らないとおっしゃったわね。胃痛だとおっしゃったわね」

「ええ」

「あの看護婦さんはだめな人よ。あたしが死のうとした気持ちも知らないわ。ほんとうに非人間的なのだから」

電車に乗って二つ目の駅で降りた。線路と並行した広い道を行くと、左側に小ぢんまりとした民芸店がある。手織りの厚いじゅうたんが壁にひっそりと展示されてある。その店を眺めながら左に折れた。そこからは石畳の急な坂道だった。坂の上に神社の朱い鳥居が見えた。

礼子はずんずんと先へ行き、鳥居の一つ手前で足をとめた。息を切らせて追いつくと、その傾斜路の脇に、あずき色の小造りなマンションがあった。その一階の奥に、礼子の勤める設計事務所がある。

「ここで待っていらしてね」

と、礼子はいって、私をその傾斜地に残した。私はマンションの低いれんが造りの塀に腰をかけて待つことにした。

「すぐ帰ってきますから。残りのお給料貰ってくるだけですから」

そういって奥の部屋に消えたのに、礼子はなかなか戻ってこない。

私は小半時もそこで待った。小さなマンションなのに意外に人の出入りがある。ドアが突然開いて買物籠を提げた奥さんが出てきたり、生ごみ用の青いポリバケツを抱えたおばあさんがゆらゆらと現れてきたりする。マンションの暗い廊下からは、陽を背負った私の姿が黒い塊としか見えないのか、玄関先まで出てきたところでびっくりし、胸を押さえて立ちすくむ奥さんもいる。そういう人は、坂の途中で何度も私をふりかえりながら、やがて思いきったように坂の下に消えていく。私は見るものがないので、坂の下に消えていく奥さんの姿を、消えてゆくまでじっと眺めている。

私は三十分以上も礼子を待って、それからもう待つことをやめて帰ろうと考えた。礼子の消えたドアの前へ行き、チャイムを鳴らした。

ドアはすぐ開いた。そのとたん、礼子の声がした。

「私は少しもやめたくないのです。でも、所長がやめてくださいというのだから、わたしはやめます。けれども、わたしは明日からどうして暮らしていったらいいのでしょう」

と、礼子がいっている。

「あなたがどこに勤めようとあなたの自由です。そういうことは自分で考えて自分で決めなさい。わたしには関係のないことだ」

窓に近いほうで、あきれたような、たしなめるような男の声がした。

「関係ないとおっしゃっても、所長さんがやめてくださいとおっしゃるからやめるんです。そうでなければやめなくてもいいんですもの。わたしの仕事を探してください」

よく通る、なめらかに澄みきった礼子の声だ。落ちつきはらって部屋の中に浸みこむような声である。

「わたしは明日から、どうやって生きていけばいいのでしょう」

私のためにドアを開けた少女が、とまどいを浮かべた表情で私を見た。その眼が大きく見開かれ、いまにも涙があふれそうだった。礼子の代わりに雇われた人らしい。

私はあわてて礼子を外に連れだした。


私は礼子を変だと思った。が、変だと思うものの、それを礼子に説明しようとすると、頭が混乱してうまくいかない。事務所を馘になれば明日からの暮らしが不安になるのは当然で、それは礼子に限ったことではない。しかし、それを事務所の所長に訴えてもどうにもならない。所長がいうように、仕事は自分で探さなければならない。が、そう考えてくると、あちこちの工場でやっている労働争議はどうなるのだろう、とふっと私は思ってしまう。礼子のいっていることが、少しも変ではないと思えてくる。では、所長のいうことが変かといえば、これも所長の立場に立てば少しも変ではない。

私は礼子の不服そうな顔を横に見ながら、なだめることができなかった。私はあたりさわりなく、

「あきらめなさいよ。それより仕方ないんだから。また教職を探したら？　それがいちばん合っていると思うわ」

というほかなかった。

私は礼子の働き口がそう簡単にあるとは思えなかった。この設計事務所を馘になったのは、教職をだめにしたのと同じ理由にちがいない。そうなると、今度どこかに勤め口を見つけたとしても、きっとそこでもうまくいかなくなるにちがいなかった。

私は、礼子がどんなところならさしさわりなくやっていけるかと考えをめぐらせた。しかしよい案は浮かばず、かえって学生のころ、礼子がしでかした不思議な行為ばかりがしきりによみがえってくるのである。どれも些細なことだった。

たとえば、食堂に入って親子丼を注文したときのこと、礼子は添えられた白菜の漬物を、おいしい、おいしいといって食べ、食堂のおばさんに、漬物がおいしいわ、お替りくださいと頼んだ。おばさんは丼のお替りかと聞いた。礼子は涼しい声で、いいえ、この漬物のお替りよと答えたので、おばさんは不満そうにしながらもう一皿持ってきてくれた。礼子はそれをさらりと平らげ、ほんとうにおいしいわ、悪いけどもう一回だけくださいと頼んだ。私は礼子をたしなめることができず、空になった小皿を眺めていた。

私は礼子がとても倹約家だったことも思いだした。直接知っていたわけではないが、食費を節約してでも貯金しているという噂があった。私はそれを思いだして、蓄えはないのかと聞いた。

「教師のときの退職金は、すっかり残してあるわ」

と答えた。礼子はないものをあるといったり、あるものをないといったりする性格ではなかった。そういう点では正直だった。というより、礼子はあらゆる点で正直だといったほうがいいかもしれない。

私は礼子の貯えが当面の生活を支えるだろうと感じて礼子と別れた。そのうちに職が見つかるだろう。教職に就いた礼子がその誇りを捨てて個人経営の設計事務所で働く気になったからには、どこにも仕事はあるだろう。私にしたところで、失業保険が切れるまでに仕事をみつけようと考えている身である。冷静に世の中を観察してみれば、私もまた不安な失業者の一人に違いなく、礼子の境遇に同情ばかりもしていられなかった。


礼子と別れて二、三日たったとき、電話がかかってきた。電話の主が礼子だとわかったとき、私は少し気まずい思いをした。別れぎわ、礼子から差しだされた紙片に私は住所だけを書き、ためらって電話は記さなかったからである。礼子は私の住所から電話番号を引きだしたのである。

電話は、どこかに勤め口はないかというものだった。心当たりがないというと、礼子はこれからタイプをやろうと思う、タイプは需要が多い有利な職業と思うがどうか、としきりにたずねてきた。私は礼子には不向きな仕事だと思ったのでそういった。礼子はまず健康になって教職に就くのがいちばんいいのである。だから、腎盂炎を癒すのが先決だと私はいった。礼子が納得したかどうかわからなかったが、電話はそれで切れた。

翌日、朝早く礼子から電話があった。

「お見せしたいものがあるのよ。どうしても見ていただきたいものがあるの。家に来てくださらない？」

と、礼子はいった。

私は特別の口実も思い浮かばぬままに、礼子の申し出を断った。礼子と会うのが億劫だった。すると、一時間ほどしてまた電話があり、それも断ると、二、三十分もたたないうちにまた電話が鳴った。

「来てください。来てくださらないと、わたくし死んでしまいます」

いきなり礼子は、震えるような高い声でいった。私は行かないわけにはいかなかった。礼子が病気だという実感が来た。病気だから行かなければならないのだが、病気ならなおのこと行きたくなかった。私は怖かったのである。が、怖さという背後の理由につきあたったとき、私はその理由に押されるように行かなければならないと思った。

礼子の家は、私の住んでいるところから電車で三十分くらいの距離にある。その駅から徒歩十分、教えられた小学校の裏の都営住宅の一つだったからすぐわかった。

礼子は私をにこりともしないで迎えた。私は請われて礼子の家に来たのに、まるで私のほうから無理に押しかけでもしたように愛想がなかった。私は不愉快だったが、それも病気と思うことにして、努めてはしゃいでみせた。生垣に黄色いれんぎょうが咲きこぼれてきれいだったとか、八重桜が桃色の毛玉を刺したように粋だったとか思いつくままに喋った。

礼子は気のりしないように聞いていた。しばらくして、

「お見せしたいものがあるのよ」

と私を別の部屋に誘った。台所のほかに六畳の畳部屋が二つ、それが礼子の家の間取りである。通された部屋には、スケッチブックがかなりの高さで畳の上に積みあげられていた。

「絵を見ていただきたいの」

礼子はその一冊を無造作に私の手に渡しながらいった。

私はけげんに思い、渡されたスケッチブックを開いた。一ページ目にクレパスで蝶が一つ、白い画用紙いっぱいに描かれている。舞う蝶ではなく、翅を押しピンで水平にとめられて、目を見開いたような蝶である。めくっていくと、蝶は一羽だったり、二羽だったり、それよりずっと多かったりで、数はまちまちだったが、違いはそれだけで形はみな同じだった。絵というより図案であった。図案の蝶が、橙や金色や極彩色で丁寧に塗られていた。

私はなぜこんな絵を見なければならないのかわからないまま、とにかくページを繰った。強制されて見ることの不快さだけがあった。単調な絵柄だけに、私は最後のページに何か心理学めいたどんでん返しがあるのではないかと警戒もしてみたが、ついにそれらしいものもなく、スケッチブックは終わりになった。

「わたくしの描いたものよ。どう思います?」

見終わったのを見とどけると、礼子が真剣に私に尋ねた。

問われても私に特別の感興はなかった。ただ、礼子がスケッチブックにずいぶん執着しているのが感じられて、

「色がきれいね」

とだけいった。色だけについていえば、配色もよかったし、透明感のあるよい色を使っていた。

「これを売って、わたくし生計を立てようと思っています。きれいと思うならば、あなた一枚五千円でいいわ。いいえ、あなただから三千円でいいわ。買ってください」

礼子は私の眼を見つめていった。礼子の眼はまるで絵の中の蝶のようだった。私もまた蝶のような眼で、礼子を見つめかえしていたにちがいない。

ややあって、私は礼子の絵を買うべきかどうかと迷った。この絵は売り物にならない。絵という代物でもない。礼子の手前褒めはしたものの、私はこれらの絵を好きになれそうもなかった。しかし、買わぬといえば礼子は悲しむだろう。といって、買うといえば、礼子はそれで生計を立てる気になって、今よりもっと苦しむにちがいない。私がとまどっていると礼子がいった。

「お気に召さないなら仕方ありません。実はこの中でいちばんいいのを、このあいだ同級のMさんが気に入って一万円で買ってくださいました。だから、いちばんいいのはもうないのよ。あなたがこの絵の中で気に入るのがなくても無理ないわ。でも、これだけここに画集がありますから、この中でどうぞ好きなのを選んでちょうだい」

礼子はそういって目の前に積みあげたスケッチブックの山を示した。スケッチブックは積みあ

げられて四、五十センチの山を成していた。

礼子のいうMさんとは、学生時代の礼子の親友だった。私も名前だけは知っていた。

「病院で描いた絵でしょう。売るのはよくないわ」

私はあてずっぽうに「病院」といった。そうでなければこんなに同じ絵ばかり描くはずがない。

「売ったのではありません。買ってくださったのです」

礼子はきっぱりとそういって、それから不服そうに続けた。

「でも、どうして病院で描いた絵を売ってはいけないの。この絵はみんなわたくしが描いたものです。わたくしの物を売るんですから、かまわないわ。いちばん好きなものでもどしどし売るわ。ですからどうぞ、あなたも気に入った絵をおっしゃって。あなただから二千円でいいわ」

「Mさんは買ってくれたのではないのでしょう。きっとMさんのお見舞いなのよ」

私は絵を売ることより、病気を癒すようにといおうとした。が、礼子の険しい目にあって黙ってしまった。

「あなたはまだ疑っていらっしゃるのね。この絵はみんなわたくしが描いたものよ。他人が描いたものではないんです。わたくしのものです」

私はそれ以上争うことができず、スケッチブックの山に手をつけた。上から一冊ずつ順にページをめくっていった。どの画帳も一冊目と似たり寄ったりだった。ある画帳には、椿の葉らしい幅広の木の葉が、頑丈な葉脈を浮き立たせて描かれていた。ノートに木の葉が現れると、それからはずっと木の葉がつづいた。色だけが緑から赤へ、赤からベージュへ、空色へと変わった。

私は礼子の押しつけがましさに、いらいらしながらページをめくっていった。礼子が傍で私の手元を見ていて、私が少しでもページを繰る手を休めると、この絵はいいでしょうとか、これはろくでもないものだわというので、私はいっそういらだった。が、画帳を半分ほども見終わったころ、私はだんだん礼子をかわいそうに思うようになっていた。礼子はどうしてこんな図案みたいな絵しか描かないのだろう。寸分変わらぬ同じやり方でノートを最後まで塗りつぶしていったことのうちに礼子の日常の乏しさとそれをごまかす手段とを見た。私には礼子の生活が思いやられた。礼子の眼はひたすら内に向いていて、外の風景を見ようともしないにちがいない。

「どう？　それがお気に召して？」「いいえ、もっといいのがあるのよ」

礼子の声が続いた。

私は礼子の絵を買おうと思った。選り好みはせず、三千円で絵を買った。


絵を買ってから、私は礼子とのつきあいはやめるつもりだった。礼子には姉もいるし、妹もいる。男の兄弟もいるはずである。とりわけ私が力になってやる必要もない。それに礼子は両親と一緒に都営住宅暮らしである。私が礼子に呼ばれていった日は、父母がそろって姉の家に行ったので、所在なくなって私を呼んだというわけである。礼子はひとりぼっちというわけではない。

が、つきあいをやめようと思ったのに、礼子からは頻繁に電話がかかってくるようになった。

遊びに来てほしいというのである。私はそのたびに、用事があるといって断った。が、失業している私がそうそう多忙な日を送っているはずがない。礼子はそれを見越して電話してくるのだった。

また、私が一人暮らしだということも、礼子の気持ちを助けた。礼子は早朝であれ深夜であれかまわず電話をかけてきた。話題は何もなく、ただ遊びに来てほしいというのである。

私が不機嫌をあらわにして断ると、では何日に来てくださるか、としつこく日にちを確める。

「来てください。来てくださらないとわたくし死んでしまいます」

と礼子はいう。

しかたなく私はその日になると礼子の家を訪ねなければならない。約束の日になると、朝から電話が鳴りつづけるからである。私は礼子の、死んでしまいますを本気で受けとっているわけではなかった。礼子も本気でいっているわけではないだろう。双方本気ではないけれど、行かなければ何度でも繰りかえされる疎ましさに耐えられなくて、けっきょく出かけていくのだ。

礼子の家で、私は礼子の両親に会うこともあった。礼子の父も母も、私を見てもろくろく挨拶さえしなかった。すぐ奥へ引っこんでしまい、声を立てずにひっそりとしているのである。私は礼子にも腹を立てたが、老いた両親にも不愉快なものを感じた。私は礼子のところへ遊びに来ているのではない。見舞いに来ているのである。私は礼子の両親から温かい感謝のことばをかけられてもよいはずだった。

ことに、その後も礼子が私に絵を売ろうとしてスケッチブックを繰らせるとき、私は隣の部屋で息をひそめている両親が、ちょっとでも襖を開けて、礼子の押しつけがましい思いこみを軽くたしなめてくれればよい、と思った。娘の絵を見れば、それが粗末なスケッチブックに描かれていることだけ考えてみても売り物にならないことがわかるはずだった。

もし礼子の父か母かが、私に気の毒そうな素振りでも見せてくれるなら、そのことだけのためにも礼子の絵を気分よく買うだろうと思った。また礼子の要求に応じてもっとしばしば礼子の家を訪ねてもよいとさえ思った。

が、両親は隣の部屋でひっそりと息をひそめたままだった。年老いた両親が息をひそめて、こちらの部屋の礼子と私との会話に聞き耳を立てているだろうと考えると、私は礼子との対応にいっそうぎこちなくなった。私は老いた両親を嘆かせぬためにも、よけい礼子の絵を断れなくなった。そして、帰りにはきまって、礼子の両親を恨み、礼子に腹を立て、もう二度と来るまいと固く決意するのだ。

私は礼子の絵に最初三千円払った。が、二度目からは千円になり、まもなく五百円になり、そのあとは三百円を置くだけになっていた。礼子は私の出す金に不平を述べなかった。気前よくおまけしてくれた。そしてスケッチブックを綴じたコイルのところからそのたびに一枚引きちぎって私にくれた。

少額の金は礼子の自尊心を傷つけるはずだった。私もそれを期待した。が、礼子はこんなとき

にかぎって、いっこうに傷つかなかった。礼子は、

「いいわ。あなただからおまけしておきます。わたくしはまた描けばいいんですもの」

とすましていうのだ。そして、

「額に入れておきなさいね。引きたつわ」

と忘れずに忠告するのだ。

礼子の父親が脳溢血でことばが不自由になっていることも、私はやがて知った。礼子の両親が私に対してぎこちないのも無理はなかった。しかしそれを知ったからといって、私の気持ちにさほどの同情は湧かなかった。礼子のことで私のほうが参ってしまい、毎日をいらいらしながら暮らしていたからだ。

絵に払う金は僅かといっても、礼子の家までの往復の電車賃、それに些少とはいえ手土産をくわえれば出費はばかにならなかった。しかもこの先いつまで続くか見当がつかなかった。スケッチブックはどっさりあるのだし、なくなればなくなった分だけ礼子はせっせと描くという。絵の代金は礼子の生活の足しにはならず、私にとっても愉快でない出費である。礼子より私のほうが生活の不安におびえた。何よりも私を不安にしたのは、私の部屋にある黒い電話機だった。私はそれと同居することに耐えられなくなった。

失業保険の期間はあと四か月あったが、私はそれを棒に振って、是が非でも働きに行こうと考えた。終日自分の部屋にいても少しも自由でなかった。電話が鳴ると、私は心臓がきゅっと締め

つけられたようになる。礼子との会話を終えて受話器を置いたあとも、電話のコールが耳の奥で低く鳴りつづけている。

就職すれば私は自由でなくなるわけだが、礼子からの自由を取りもどすことになる。礼子は友人に見捨てられて頼るのはあなたしかいないと私のことをいうが、そんなことはないだろう。また、姉や兄に見捨てられて縁を切られたといっているが、そんなこともないと思う。礼子はただ、そばにいる人に甘えたいだけなのだ。それによって自分の存在を確認したいのだ。もしも礼子がほんとうに孤独で私を頼りにするならば、私の忠告に耳を傾けるはずである。生活の足しにもならぬ金で満足していられるのは、ほんとうには孤独でない証拠なのだ。

そう考えて、私は本気になって就職口を探しはじめた。しかしいざその気になってみると、思うような仕事はなかなか見つからなかった。その間にも、礼子からの電話は頻繁にかかってきた。その日、四、五回かかってきた電話を切ってほっとしていると、夜、電話があった。

「あなた、わたくしの画集、一冊持っていらしたでしょう」

礼子は澄んだ高い声でいった。私が不意を打たれて黙っていると、礼子は鋭くきっぱりした声でいった。

「『わたしの鵞鳥』という画集が一冊なくなっています。あなた、あれを何度も見ていらしたわね。お気に召したようでしたね。で、持っていらしたのでしょう。それで、あなたはわたしのところへいらっしゃらないのね。『わたしの鵞鳥』が手元にあるから、わたくしにはもう用がないわけなのでしょう」

私は、はじめ礼子のいい分を軽く聞き流していたが、そのうちに礼子の立てた推論に聞き入ってしまっていた。

礼子は、スケッチブックに一冊ずつ名前をつけていた。それは「わたしの鵞鳥」だったり、「わたしのあひる」だったり、「わたしのロマンチカ」だったりした。中身とは符合しないこれらの名は、いわば画集のニックネームだった。そのなかで私が「鵞鳥」を特別よく見ていたかどうかは覚えがない。けれどもそれらは礼子の家へ行くたび繰りかえし見たものだから、何度も見たといわれても否定できない。それが私の気に入っていたかどうかは別だが、そのことについて証明してくれる人は誰もいない。しかも私は礼子に求められるたびにわずかでも金を払っていたのだから、気に入ったと思われてもしかたのないことかもしれない。

しかし、子どもの犯罪ではあるまいし、と私は思う。気に入ったからといってこっそり持ってくるようなことはするはずがない。

「持ってきてはいませんよ」

「でも、おとといあなたが帰るとき、鞄の端から白いものが見えました。持っていらしたんでしょう。『わたしの鵞鳥』を返してください。返してくだされば、わたくし何もいいません」

「どこかにしまい忘れたんじゃないですか」

私は、礼子が自分の部屋をもう一度探すべきだといって、電話を切った。

翌日、礼子から電話があった。

「あなたは、お寿司、好きですか」

「はい、好きです」

礼子の澄んだ声につられて、思わず私は答えた。

「では、あなたに特別上等のお寿司をご馳走します。すぐいらしてください。お待ちしています」

最後は切り口上だった。私は切れようとする電話にすがりつき、好きだが食べたくないといって断った。しばらくすると礼子はまた訊いてくる。

「お寿司、食べたくなりましたか」

私ははじめ、礼子が私を呼ぶための新しい手段を考えついたのだと思っていた。「死ぬ」という単語と「お寿司」という単語とがなんとなく入り混じり、入れ替わったにすぎないと考えた。が、礼子が繰りかえし誘ううち、昨夜の濡れ衣に思い至った。

「わたしの鵞鳥」はきっと礼子の部屋にあったのだ。それで礼子はお詫びにご馳走しようというわけなのだ。私は、今朝になってみれば、疑われたことなどすっかり忘れていた。それはスケッチブックに対する私の関心の薄さでもあった。あの単調な絵のうちからどれか一冊が失われようとどうでもいいことではなかろうか。

私は、では「わたしの鵞鳥」は見つかったのかと尋ねようとした。が、礼子が触れない以上、聞くのも気の毒だった。礼子は人を疑ったことを恥ずかしく思うにちがいない。

が、礼子のだいじな画帳について、私が無関心でいるのもどうかと思う。聞くべきかどうかと私は迷った。どちらにしていいか、私には判断がつかなかった、礼子だってひどい。あったのならあったと素直にいってくれればよい。礼子のよいところは正直さにあったのに。だから私も、礼子がおかしなことをいっても、礼子が真実そう信じているのだと考えて、それだけは見失うことがなかったのに。どうして礼子はこんなとき率直でないのだろう。が、それもどうでもいいことではあった。

それからしばらく、礼子からの電話はなかった。私は夜中、礼子からの電話が鳴りだすかと思いながら、じっと電話機を眺めていることもあった。呼び出し音が鳴ると、私は黒い物体が上下左右に激しく震えながら、こっちへ移動して来るように見えるのだ。そしてこっちへ来ないうちに慌てて受話器を取るのだ。

電話のない夜が十日ほど続いたあと、やっと私は電話機を見ることから解放された。礼子はきっと私に代わる親身な友を得たのであろう。私は礼子に対して冷淡であったことも思い返され、そのうちたまには礼子の家へ遊びに行ってあげよう、などと考えていた。

しかし、礼子は友を得たのではなく、病院へ運ばれていたのである。礼子が手首を切ったのは、六月も末の梅雨の晴れ間の朝だった。礼子は救急車で運ばれ、傷が治って精神科の病院に移された。

「やっと開放病棟になりました」

七月の末、礼子から電話があるまで、私はそのことを知らなかった。

「お友だちがお見舞いに来てくださるの。あなたもいらして」

と礼子はいった。かつてない明るい声だった。礼子と再会してから三か月ほど、礼子の明るい声を聞いたことがなかった。

礼子は明るい声で自殺の方法を細かく話した。礼子の手首の傷は致命的なものには遠いことが私にはまもなくわかった。礼子が細かく話せば話すほど、学生のころの自殺騒動が思い浮かんできた。失い、挫折するたびに礼子は自殺をくりかえすのだろうか。

失われたものを取りもどそうとする動機が礼子の心にはひそんでいる。けれども失われたものは取りもどせない。取りもどしたと信じるから、礼子の病気はまた始まるのではないだろうか。

私は礼子とのつながりを断つつもりはない。けれど、礼子のように贅沢には生きられない。生きれば生きるほど失われていくという気がする。礼子とのことでもそうだ。

「いらっしゃるときに、甘いおいしいケーキを買ってきてね。ここはとても非人間的なのですもの。甘いものに飢えているの」

電話を切るとき、礼子は高いはずんだ声でいった。

雪の夜の夕張

浮田さんの家を出ると、すでにあたりの炭住は濃い闇のなかに沈んでいた。暗い頭上からあいかわらず雪が舞っていて、軒下に積みあげた雪の山が戸口から洩れた灯りを浴びてこんもりと白く浮きあがって見えた。

この数日間、細かくちらちらと舞いつづけた雪は、もう四、五十センチも積もっただろうか。戸口を出たとたんに、家の前につながれていた子犬がまた吠えはじめた。浮田さんの家の犬にしては、ずいぶんと小さくてかわいい犬だ。そういえば浮田さんの連れあいも、恰幅のよい浮田さんとは対照的に小柄で華奢だった。浮田さんはあんがい気がやさしくて、小さく弱いものに心ひかれるのかもしれない。

浮田さんは背中一面に入れ墨をしていた。若いときにはヤクザの組に入っていたのだろう。いまこうやって炭鉱で働いているところを見れば、そこから足を洗ったのだと思われる。

子犬は繋がれた紐をぴんと張って、前足で空をかいて吠えかかってくる。子犬が吠えたのに驚いたのか、久住さんは少し足をもつれさせた。軒下の雪にぶつかって、がくんと前にのめったようだ。そのまま膝をつくかと思ったら、そうではなくて、一瞬体勢をたてなおすと、なにごともなかったようにすたすたと歩きはじめた。酔っているとは思えない大股の歩き方だった。

「久住さん」

私は自分もころびそうになるのを用心しながら、久住さんの背中に向かって呼びかけた。

「久住さん、もう帰りましょう。だいぶ酔っていますよ」

久住さんはいくらか猫背で小柄だが、太股のバネをいっぱいに使って大きなストライドで歩く。夕張の人たちはみんなそうだ。夕張、食うばり坂ばかり、ドンと来れば死ぬばかり、といって、山地で雪が多いからこういう歩き方になるのだろうか。その大胆なストライドにはとうていついていけない。積雪の上を歩くときの足の抜き方がうまいのだ。私は雪道に慣れないので、すべらないように用心して歩くから、つま先でラッセル車みたいに雪を蹴ちらすようになる。そのぶんだけ抵抗が大きく、進むのがおそくなる。ふりかえれば、久住さんの整然とした足跡の横に、私のみみずか蛇でものたくったような跡がついている。格好がわるいが、しかたがない。

あんた、ぼくの足跡のとおりに歩いてくればいいのよ、そうすればすべらないし、らくなんだよ、と久住さんはいうが、私はいくら窮しても久住さんの足跡なんかなぞる気はない。

久住さんが答えないので、私は背後から声を大きくしてもう一度呼んだ。

「久住さん、もう帰りましょう。もう終バスが出てしまいます」

「ぼく？」
五、六メートル先から久住さんの声がした。
「ぼく、酔ってなんかいませんよ。それとも、酔ってるように見えますか」

さっきの私の声は聞こえていたのだ。久住さんは酔っているときに見せる、はにかんだ甘えた声を出した。

酔っているように見えるも見えないもない。久住さんは正真正銘酔っている。酔っていないなら、浮田さんの家で口論などするはずがない。浮田さんは炭鉱の下請け労働者で、掘進の先山である。背中から二の腕にかけて一面に細かく彫りあげた龍の入れ墨があった。私たちが訪ねたとき、浮田さんはちょうど一番方から帰ったところらしく、上半身裸でストーブ前にすわり、仕事仲間と酒を飲んでいた。浮田さんは先山だと聞いていたから、あとの二人は中先と後山なのだろう。

久住さんは、庇がひしゃげた浮田さんの長屋の玄関で、おばんでーす、と声をかけて引き戸を開けると、案内も乞わずに靴を脱いでつかつかと部屋へ入っていった。そうして、私にも入るようにうながした。私はしかたなく、遠慮しながら部屋に入った。この秋、紅葉の真っ盛りに、夕張新鉱でガス突出による大災害がおきた。それをきっかけに私は夕張に来、久住さんと知りあって彼の家に泊めてもらい、久住さんの案内で、下請けや孫請け労働者の住む炭住街をまわり、炭鉱の人々の話を聞いているのだった。

久住さんは全日自労の組合員で、その組合の役員もやっており、この炭住街で生活相談にのっている。災害以来、久住さんの活動には拍車がかかった。ならず者、流れ者の密集地帯といわれて、町の人は昼でも近づかないこのあたりを、小柄で五十を過ぎた久住さんは、炭鉱の話をじかに聞きたいという私を連れて、昼過ぎからずっと歩きまわっているのだった。

どの家でも、果てしなく酒を飲んでいた。金はなくてもどこからか酒だけは出てくるようだった。大災害のあとの出面(でめん)仕事をやってきた彼らは、酒を飲みながら、上役の采配を、ああだこうだと論じあい、ケチをつけ、そうしてひとしきり儀式のように飲みかわしてから、薄暗いそれぞれの住まいに引きあげてせんべい布団にもぐりこむ。そんな家々を久住さんといっしょにまわってきたから、私はくたびれはてていた。久住さんのほうはというと、そのつど出される酒を飲むのだから、もうそうとう程度飲んでますます気が大きくなっているらしい。傍若無人の久住さんのあとについて、いい気になって入っていけば齟齬を買う。私は用心しなければならなかった。

浮田さんの居間はやけに明るかった。畳はストーブ焼けして飴色をしており、ささくれだっていた。久住さんはストーブの前で酒盛りをしていた男たちのなかに割りこんだ。鼻白んだ彼らのまえで、

「この人、炭鉱の話を聞きたいんだって。教えてやって」

と、いきなり私を紹介した。

「ほら、あんた、すわりなさいよ。ここ、遠慮しなくていい家なんだよ。立ってたら、話が聞けないでしょ」

そういってストーブの横のよい席を指した。すでにそこには男がいて酒を飲んでいたが、彼は私のために黙って席を空け、部屋の隅に移動して壁にもたれてあぐらをかいた。気の小さい私はぞっとした。坑内労働のせいか色白で体格のよい男が、不平もいわず、久住さんの指示で無表情に座を開けるのが不気味だったのだ。いまに何かが爆発するのではあるまいか。

ストーブをはさんで、私の正面にいる上半身裸の男が浮田さんだった。胸にも腕にも筋肉が盛りあがっていた。しらふの私には、浮田さんが不機嫌なのがよくわかった。私の見まちがいでな

かったら、浮田さんは、うちは道路じゃあるまいし、という目で、上目づかいに私を見たのだ。断りもなしになんでずかずか上がってくるんだ。それともおまえらは犬か、猫か。私には浮田さんがそういっているように見えた。

浮田さんは不機嫌な顔のまま立ちあがると、半開きになっていたふすまを開けて隣の部屋に行き、なにかごそごそやっていた。シャツを探していたらしく、だいぶ時間をかけてそれを着て、ふたたびストーブのところへもどってきた。黒糸の編みシャツだった。目が粗いので、編み目の隙間から、鮮やかな朱や青の色彩が見えた。背中いっぱいに青い龍が彫られていて、龍の舌が首のつけ根を舐めている。浮田さんはこの彫りものを隠すために黒シャツを着たのだろう。ふつうのTシャツが見あたらず、網シャツを着たために、かえって私は入れ墨に気づかされることになった。

「いい人なんだよ、この人」

あっけにとられている私に向かって、久住さんがいった。

久住さん、この人、彫りものある人なんていわなかったじゃないの。酔ったはずみでどんな家に迷いこんでしまったのか、私はその場の雰囲気を飲みこむのに苦労しながら、久住さんを恨んでいた。

「質問しなさいよ。遠慮していたらだめよ」

久住さんは、浮田さんの奥さんからコップを受けとり、冷や酒を注いでもらいながら私にいった。私は沈黙の恐怖に耐えかねて、なんとか質問をひねりだそうとし、それがうまく出てこないものだから、浮田さんの職場について矢継ぎ早に質問を浴びせた。

ガス突出で多くの人が死に、炭鉱は閉鎖されて坑内の仕事はなくなっているはずだが、いま、どんな仕事をしているのか、災害のとき、坑内のどこにいたのか。私は入れ墨を恐れてはならないと思ったので、かえって事務的ではすっぱな口調になった。浮田さんは、その日はおれ、三番方だったの、だから、家で寝てたのさ、と短く答えた。

「入れ墨、きれいでしょう」

ふいに久住さんが口をはさんだ。

ええ、私はあいまいにうなずいた。入れ墨がきれいなはずがない。

とたんに浮田さんが迷惑そうな顔をして立ちあがり、そばの火掻き棒を取ると、だるまストーブの蓋を開け、中の石炭をかきまわしはじめた。おい、石炭、足りないよ、持ってきて。浮田さんは部屋の隅でテレビを見ていた中学生くらいの男の子にいった。男の子はついと立って、石炭小屋に石炭を取りにいった。

酔っていないなら、久住さんはその変化を見のがさなかったはずだ。鉄製のストーブはがんがん燃えていたのだし、煙突はがくんがくんと音がするくらいに熱していた。子どもに石炭を取りにいかせる必要はなかった。浮田さんは火掻き棒でストーブをかきまわしてみたり、煙突の腹を意味もなく叩いてみたりした。鉄製のこの火掻き棒は、このあたりではデレキというらしい。先が物を引っかける形に曲がっていて、それで殴られたら頭蓋骨などはかんたんに陥没しそうだった。

ね、入れ墨きれいだね、きれいでしょう？　久住さんがいった。久住さんは酔っているのだ。入れ墨ばかりいって、と浮田さんがいった。子どもがいるんだよ、子どもの前で入れ墨のこといわないでくれ、入れ墨入れてたって、ちゃんと子ども育ててるんだ、入れ墨のどこが悪いのさ、入れ墨入れてなくたって、悪い人はいっぱいいるべ。

だって、見えるんだもの、と久住さんがいった。見えるんだもの、しょうがないっしょ。いわれたくなければ見せなきゃいい。

男の子がバケツに石炭を入れてもどってきた。浮田さんはそれをざあっとストーブに入れた。私は上等の席、つまりストーブの真横にすわっていたので、これでまたいっそう熱くなると思った。しかし、浮田さんが腹を立てているので、いまさら席を替えることはできない。少しでも動けば、それをきっかけに浮田さんの怒りが爆発しそうだった。浮田さんの同僚は壁に背中をもたせかけて黙っていたし、浮田さんの小柄な連れあいも、私と同じようにこわばった姿勢のまま押し黙っていた。

浮田さんは、新しい石炭が燃えている石炭と混じるようにデレキでがんがんかきまわした。真っ赤な炎をあげて燃えている石炭が、私の視野いっぱいに広がった。石炭ストーブというものは、これほどかきまわさなければならないものなのか。浮田さんは腹を立てているからこれほどかきまわすのだ。私は気が気ではなかった。

さっきから聞いてれば入れ墨のことばかりいって。浮田さんがストーブをかきまわしながら低い声でつぶやいた。あまりに低い声なので、なにかが起こるような気が私にはした。ストーブをかきまわしつづけたので、石炭は炎をあげ、デレキは先のほうが赤く焼けていた。私は頭の芯がしびれるようだった。

浮田さんは体重八十キロを超すほどに体格がいい。その浮田さんが立ちあがってストーブをのぞきこんだり、煙突の腹をデレキで叩いたりすると、私はもう殴られて脳漿が飛びだしてしまった気分だった。ストーブは熱いし、頭の芯は収縮して寒々としているし、その緊張で倒れそうなのだ。

お酒、足りない。ぼくにもっとお酒ちょうだい。久住さんが甘えた声を出した。わざと甘えたわけではないのだが、久住さんは酔うと甘い声になる。ちゃっかりしてる、浮田さんは不機嫌に表情をこわばらせてつぶやいた。しかし、ストーブをかきまぜるのをやめて、久住さんに酒を注いでやった。

この人、いい人なの。注いでもらったコップを抱くようにして、久住さんが笑顔で私にいった。久住さんには赤く焼けたデレキなど目に入らないらしい。ね、いい人でしょう？　ぼく、この人、大好きなの。

ぬけぬけと、と浮田さんが表情をくずさずに私にいった。他人の酒を飲んでよくいうよ。しらじらしい。浮田さんは苦虫をかみつぶしたような顔でいった。機嫌をなおした顔ではなかったのに、私はその瞬間、ほっとした。浮田さんと初めて視線が合ったからだった。視線さえ合えば、デレキで殴られることもなく、無事この家から出られるだろう。私は小さく笑った。笑いたい気分ではなかったが、緊張を解きたかったからだ。だが、凍りついた空気は解けなかった。浮田さんの同僚は、一人はストーブ前で顔を伏せたままだったし、もう一人は壁に背中を斜めにもたせかけたままむっつりしていた。久住さんだけがその場の雰囲気とはかかわりなく、コップ酒を抱いてにこにこしているだけだ。私が小さく笑ったので、浮田さんは、ぎろりと私をにらんだが、すぐに目を伏せてしまった。

ね、入れ墨、きれいだね、この人、若いころはずいぶん荒れたようですよ、若いときの話、聞きなさいよ、いい人なの、この人。ぼく、この人、大好きなの、久住さんがいった。

また入れ墨のことをいう、と浮田さんがいい、そのとたん私は、飛びちってしまった脳細胞を必死でかき集めて、質問をこしらえた。何か喋っていなければ緊張が爆発しそうだった。

きょうは何番方で働いてきたんですか。

きょうではないよ、きのうの晩方から働いて、さっき帰ってきたところさ。浮田さんが視線を伏せたまま いった。晩方十時に坑内に入って夜中じゅう稼いでさ、いまさっき帰ったのさ。

じゃあ、十六時間労働ですよね、と私はいった。炭鉱の坑内労働は一日三交替で、それを一番方、二番方、三番方と呼ぶ。それぞれ日勤、準夜勤、深夜勤である。たいへんでしたね、と私はつづけた。

疲れたさ。したっけ、稼がんば食ってけないっしょ、炭鉱がこんなありさまだからさ。

仕事はあるの？

おれたち下請けだから労働基準法なんてあってなきがごとしだからね、どんな仕事だって、やる気さえあれば融通がきくもんね。

いまも掘進をやってるの？ 私は聞いた。掘進は地中の最先端で坑道を掘りすすめていく仕事である。未知の地中をボーリングして発破をしかけ、アーチを立てて坑道をつくる。メタンガスの噴出や落盤の危険と隣りあわせである。賃金も高いが、危険なため、直轄労働者はやらず、ほとんど下請け、孫請け労働者の仕事である。

掘進はいまはないのさ、炭鉱こんな状態だからさ、と浮田さんがいった。したっけ、いつ再開するかわからないっしょ。再開するとき坑道つぶれてたら困るもんね。だからいまはおれたち、つぶれた坑道の拡大やってるのさ。浮田さんは目を伏せたまま、ぽつりぽつりではあったが、意外にも親切に答えた。

鉄骨つぶれたり、パイプ飛んでたり、坑内はがらくたでいっぱいだからね、直轄のやつら、そんな仕事、やりたがらないもんね、安全確認してからやるったって、だれが安全確認するのよ、おれたちよりほかないべさ。おれたち行かなきゃ会社つぶれるべさ。

ね、入れ墨、きれいでしょう、久住さんが口をはさんだ。ぼく、この人、大好きなの。

また入れ墨のことをいう、浮田さんがいった。子どものまえで入れ墨のことというな、さっきから聞いてれば入れ墨、入れ墨って、入れ墨のことばかりいって、と浮田さんはいい、だって、見えるんだもの、見えるんだからしょうがないっしょ、と久住さんはすました顔で答えた。

久住さん、そろそろ帰りましょうか、私は浮田さんからやっと話を聞きはじめたばかりだったが、つづきはあきらめて久住さんをうながした。昼過ぎから歩きまわってほうぼうで飲んできたんですもの、もう限界です。私がそういうと、気ィ、悪くしないでね、と浮田さんがちょっとはにかむように笑って私を見た。浮田さんが初めて見せた笑顔だった。

殴られそう、殴られないうちに帰らなきゃ。そのころになってやっと久住さんがいった。

酒、ないんだべ? 飲みたいんだべ。浮田さんはいって、一升瓶を傾けて久住さんのコップに酒を注いでやった。

殴りゃしないよ、殴りゃしないけどさ、ぜんたい、きょうはなんで来たのさ、入れ墨のことといに来たのかい?

新鉱のこと、聞きに来たんです。久住さんに代わって私がそう答えると、またおいで、なんでも教えてやるよ、こんどは酒飲まないでね、教えてやっから、と浮田さんはいった。それから急に声をひそめて、久住さんは稼ぎ人の身方だよ、だれが稼ぎ人の身方といって、それはやっぱ共産党だよ、久住さんみたいな人さ、それ、おれにはわかってるの、わかってるのさ。

ひそめたその声が聞こえたらしく、久住さんは、ぼくが稼ぎ人の身方でなくてどうするの?

にこにこして胸を反らせた。

他人の酒飲んですぐいばる、浮田さんが苦笑した。稼ぎ人の身方が稼ぎ人にいばったらおしまいだべ、共産党が稼ぎ人にいばったらおしまいだべ。浮田さんは苦笑いを浮かべた。

浮田さんの家を出たところで、私は、

「もう家へ帰りましょう」

と、久住さんにいった。

久住さんに連れられて下請けの炭住街を歩きまわっているが、心浮かれるような楽しい話はひとつもなかった。むろん、景気のよい話などありようはずがない。炭鉱災害史上、戦後三番めといわれる九十三人の死者を出すガス突出があってから、採炭は旧鉱の一部にかぎられ、掘進の仕事はなく、運搬も保守もおおかたの仕事が切りすてられている。

体力に自信のある浮田さんは、単価の安くなったぶんを十六時間労働で補っているが、坑内労働で体をこわしてしまった人は働く場所さえない。下請け、孫請けの労働者とその家族は、この谷底の河川敷にある炭住街に集められているが、いってみればここは鬼の住む世界である。会社は流れ者の労働者を借金で縛りつけ、身動きできなくしている。労働者は、労働者ではなく、浮田さんのいうように稼ぎ人といったほうがふさわしい。組と呼ばれる最下位の下請け組織は、支度金で釣って人を集める。現場へ叩きこんで、稼ぎが追いつかなければさらに金を貸す。そうやって借金でしばりつけて、坑内で働かせる。彼が坑内で働くかぎり、親方はうわまえをはねることができる。

借金を残したまま、一家で夜逃げしたという話も聞いた。

「いまの状態なら、逃げたりするの、その気持わかるんですよ」

と、腰痛持ちの稼ぎ人はそんなことをいった。

「以前は出面で一日七千五百円くれたのが、いまは六千円です。一日六千円くれたって、月なんぼ稼げますか。ひと月三十日ないでしょ。二十五日稼いだって十五万円でしょ。十五万稼いだって、税金引かれて、健保、厚生年金引かれて、家賃、電気代引かれたら、手取り十万ないんですよ。そこから親方に借りた金、三万とか四万とか返すでしょ。したらもう七万円ないんですよ。それ、いっしょうけんめい稼いで、仕事あっての話です。月二十五日稼ぐなんてこと、よほどじゃないとできないです。重労働だから、疲れて休みたくなるんです。休まないと体がもたないんです」

彼は下請け会社に七十万円の借金があった。その妻は、借金を毎月四万円ずつ引かれるので、これでは生きていけない、といった。学齢前の子どもが四人いた。

「いま殺されたら困るから、借金引かないでくれって頼んでも、そんなこと、筋がちがうべっていわれるの。借金は月四万ずつ引く約束だったから、いまさら食ってけないからちょっと待ってくれなんてこと、話しておれないって」

四万円引かれたら、残金は三万しかない。三万円で親子六人、どうやって暮らしていくのさ、とその妻はいった。このごろでは近所の人と顔を合わせても、やあや、お宅、どうやって暮らしているのさ、ということしか話すことはないんだよ。

腰痛の父とその妻から少し離れて、子どもたちがいた。声もたてなければはしゃぎもしない子どもたちだった。ふつうなら母親にまつわりつく年齢なのに、部屋の隅でうずくまっていて、泣きもしなければけんかもしない。変な子どもたちだと思って、私はそのほうを見た。子どもたちは寒そうにかたまり、私がみやげに持ってきた菓子を分別くさそうに食べていた。わがままや元気や、子どもらしいそういうものがまったくない子どもたちだった。おとなが子どもの姿でうずくまっているかのようだった。

昼過ぎからそんな風景ばかり見てきて、私は頭が痛かった。頭の芯がしびれるようだったのは、なにも浮田さんのデレキが私の頭上で踊ったからだけではなさそうだった。こんなに働いていて、どうしてこんなに苦しいのかと思うと、それだけでくたびれてくるのだ。

「久住さん。もういやだ。もう帰りましょう。あした、また来ましょう」

浮田さんの長屋の角を曲がったところで、私は久住さんに強くいった。

「もう一軒、寄っていこう」

久住さんがすましした声で答えた。

「私、くたびれた。もう帰りたい」

「スタミナ、ないんだねえ、東京の人は。もっといっしょうけんめいにならなきゃだめよ。あんた、炭鉱のこと、知りたいんでしょ。いっしょうけんめい調べて、ひとの話よく聞いて、書かなきゃだめよ。あんたよりぼくのほうが熱心になっちゃったみたいね。さあ、もう一軒、寄っていこう」

体力のスタミナではない。頭のほうのスタミナがすでに限界だった。私の頭の回転は早いほうではない。飲みこみはむしろおそいほうだ。おそいなりにじっくり消化する。その過程のほうが私にはだいじなのだ。それに私はこの災害について何か書くのが目的で夕張に来たわけではない。自分の目で見、自分の耳で聞くために来たのだ。間接報道に頼らず、本音の現実を自分の目で見たかったのだ。

久住さんはしかし、そんな私のいい分を聞いてはくれない。どんどん詰めこめばどんどんわかるものだと思っている。聞けば久住さんはこの炭住街の住人と親しくなるのに十年かかったという。夕張生まれの久住さんが十年かかったものを、一日や二日で理解しようとしてもむりである。

しかも久住さんは私を火の中に投げこむようなやり方をする。もう一軒寄っていこうといって、浮田さんの家で五軒めだが、その家がどんな家なのかあらかじめ説明してくれないのだ。予備知識がまるでないので、とんちんかんな質問をしたあげく、やっと質問の方向が定まったころ、久住さんは、酒を飲みおえて、ではそろそろおいとましましょうか、とにっこり笑って腰を上げかける。私はもう少し待ってほしい、といいたいところだが、久住さんが腰を浮かせるのと、空になった酒茶碗とを見ると、とっさにわがままを通せなくて久住さんのいいなりになっていく。

「訪問するまえに、その家がどんな家なのか教えてくださいね」

と私はいうのだが、効き目はない。頼めばいちおう説明してくれるものの、いざその家に入ってみると、ようすがまるでちがう。つまり、説明と、入った家とがぜんぜんべつなのだ。

久住さんは「もう一軒寄っていく」家のことを私に話していて、その家に着く前にべつの家の前を通ることになり、そこから酒の匂いでもしようものなら、「あ、この家、寄っていこう」となるのだろう。

下請けの炭住街は表札をかけている家はほとんどない。だから、名前でたしかめることができない。久住さんは、このあたりの家はどこも似たり寄ったりの事情で困っているのだから、どの家に寄っても同じことだ、と思っているようだが、私は新聞記者ではないから、少しのちがいは大きなちがいである。

くたびれたのはそのせいでもある。

加えて久住さんの酒の量の多さである。コップや茶碗で五軒もはしごをしてきたのだから、すでに一升くらいは飲んでいるだろう。

私は久住さんが酔いつぶれはしまいかと心配だった。

下請けの炭住街は低地にあって、バスの通る往還まではかなりの斜面をのぼっていかなければならない。久住さんが雪の中で酔いつぶれたら、この斜面を引きずりあげていかなければならない。それは考えただけでも気が遠くなる仕事だった。

「久住さん、雪の中で倒れたら私が困ります。いまのうちに帰りましょう」

久住さんは私に答えないですたすたと歩きはじめた。バス通りとはべつの方角である。酔っているのに大股のしっかりした歩き方である。私はまたラッセル車のように雪を掻きちらして久住さんのあとを追っていかねばならなかった。

「久住さんが谷に落っこちたら、私、久住さんを引っぱりあげることができません。こんな坂道ですもの、私、久住さんを助けようとしても、助けることができないんですよ」

「だいじょうぶ。ぼくはあんたなんかに助けてもらおうとなんか思っちゃいません」

私はむっとした。

「それなら誰に助けてもらうんですか。助けてもらいたくなくても、ここには私しかいないんですよ」

「だいじょうぶ。ぼくはだいじょうぶです」

酔っぱらいはすぐにだいじょうぶという。しかし、「だいじょうぶ」から「だいじょうぶでない」までの間にほとんど時間差がない。都会ならともかく、人通りのない雪の夜の夕張で、酔いつぶれたからといって久住さんをほうって帰ることはできない。確実に凍死するだろう。久住さんは私の恩人である。初めて会った私を、東京から来たというだけで、自分の家に泊めてくれている。私はもう四日間も久住さんの家に泊まっている。さらには仕事を休んで、こうして下請けの炭住街を案内してくれている。久住さんは全日自労で、冬場は除雪の仕事についている。一日休めばその分だけ収入は減る。見知らぬ人間にこんな親切をいったい誰がしてくれるというのだろうか。

「ぼくが酔っぱらっているように見えますか」

久住さんは足をとめ、語尾の「か」を軽く跳ねあげてたずねた。闇のなかで久住さんは鷹揚に笑っていた。

「酔っています」

私はいった。

「どうして?」

「ずいぶん飲んだじゃないですか」

「飲んだだけよ。酔ってはいません」

「浮田さんのところで、入れ墨のこと、何度もいったじゃないですか」

「そんなに何度もいった?」

「いいました」

「ぼく、まちがったこといったかしら」

「いいえ、でも、浮田さんもまちがったことといってないから困るんですよね」

「それならいいよ。二人ともまちがってないのに、あんたがなぜ困るの?」

「けんかになるからです」

「変だねえ。二人ともまちがってないのに、なぜけんかになるの？」

「決まってるじゃないですか。けんかはどっちもまちがってない、と思うとき起きるんですよ」

私は久住さんがまちがっている、といいたかった。浮田さんは入れ墨のことをいうな、といったではないか。子どもの前でいうな、と何度もいったではないか。それなのに久住さんはしつこく入れ墨のことをいった。相手がいやがっている以上、いうべきことではない。

しかし、私は、恩人である久住さんをたしなめるようなことはしたくなかった。それに、浮田さんと暴力沙汰にならず、ぶじあの家から脱出できたのだから、いまさらたしなめる必要もない。

「だいじょうぶです。ぼく、酔ってなんかいません」

久住さんがふたたび胸を張った。

「飲んで酔わなければ、はじめから飲まなきゃいいじゃないですか」

たしなめるのは無礼だが、対等の関係として腹を立てるのは無礼ではない。だから、私は少しばかり強くいった。

「あんた、さっきから聞いてれば変なことという人だねえ」

「何でですか」

「ぼく、酔うために飲むんでないの。飲みたいから飲むの」

久住さんは急に理屈をこねはじめた。

久住さんは、ふつう、理屈のない人である。最初、久住さんが炭住の話をしてくれたとき、「〇〇さんは、子どもが多いから、家を一軒半借りている。その家賃が月×千円」と説明した。家を一軒半借りるということが、私には理解できなかった。ここでいう家とは、四軒長屋、八軒長屋などの炭住のことである。家というものは、半分借りるなどということは本来できないものである。子どもが、借りていない半分のほうへ足を踏みいれないとはかぎらない。半分借りる、ということはどういうことなのですか、と私は聞いた。

「そうなの。一軒半借りてるの。一軒半」

「じゃ、二軒借りているということでしょう」

「ちがうの。一軒半なの。一軒半」

これでは私の疑問の答にはならない。私はいろいろな例を引いて理解しようとつとめたが、久住さんの答はおなじだった。

「あ、そうなの。一軒半なの、一軒半。これ、夕張の特徴なの」

青空から雪が舞うのをふしぎに思ったときもそうだった。

「あ、そうなの。空が晴れていても雪が舞う。これ、夕張の特徴なの」

とだけ答えた。久住さんにかかるとすべてが夕張の特徴で、郷に入れば郷に従えということになる。

久住さんが理屈をいうのは酒を飲んだときである。自分で自分を「人情家」だという久住さんは、彼の属する政党を評して、その党は科学とヒューマニズムの党だと名のっているが、人情家としての自分の見地からすればヒューマニズムというのはとりすましていてそぐわない。科学と人情の党とすべきである、と力説した。自分は下請けの労働者街をまわって生活相談にのっているが、これ、ヒューマニズムでやっているんでない、人情でやっているんだ、というのである。ヒューマニズムといわれれば、まず「ヒューマニズムとは何ぞや」と考えなければならないが、人情といえば、理屈をいうより先に実行するっしょ、これだいじなの、これがだいじなのよ、というわけである。

ともあれ久住さんが理屈をいうのは、酔ったときである。私はこの暗い炭住街から早く明るい斜面の上の道路に出たかった。事故以来、だれも彼もが生活に困っていて、隙あらば逃亡しようと企てている。そのために、組の労務の見張りはきびしくなっていて、昼も夜も監視の目を光らせている。

久住さんと私が昼すぎからこの炭住街に入ってきて、あちこち歩きまわっていることを、労務はとうぜんつかんでいるだろう。懲らしめに闇討ちをしかけてくるかもしれない。つい十日ほど前には、久住さんは棍棒を持った数人の男にかこまれたということである。

とりかこまれたあとどうなったか、久住さんが話さないからわからない。とにかくこの柄の悪い炭住街から早く脱出すべきである。

さっきの子犬の吠え声が呼んだのだろう。四、五百軒はあると思われる黒いうずくまった炭住街のそこここから、犬の吠え声がつづいた。

その夜、私は久住さんに連れられて、「もう一軒」炭住の家族を訪ねた。がらんどうの、あっけらかんとした部屋に、若い夫が気の抜けたようにすわっていた。テレビが点けっぱなしになっていて、ボリュームを上げて歌謡番組が流れていた。男は色白で、ととのった顔だちをしていた。坑内ではなく、白衣でも着て化学研究室に出入りするのが似あう男である。

彼はテレビの前にすわっていたが、テレビを見ているわけではなかった。部屋中ばらまいたように、子どもの下着やセーターや、顔を拭いた手拭いやちり紙が散らかっていた。

彼の妻はガス台の前に立って、練った小麦粉を焼いていた。

窓ぎわにソファーが一つ置かれ、部屋の中央にストーブがあるほかは、家具らしい家具がない。部屋が明るいのは家具がないせいで、物が散らかっているのは、箪笥がないからである。

男は下請けの組に八十万円の借金があった。そのうえ、脊髄カリエスを病んでいた。七年前、二十万円の支度金につられて炭鉱に入ったのである。七年のうちに子どもが二人生まれ、借金は八十万円になった。ほかに、付近の商店から借りた金がある。ステレオやビデオカメラを月賦で買ったのである。

そのステレオもビデオカメラもとっくに質に入り、月賦の返済だけが残っている。

「ない品物の、金はらってるの」

妻は練り粉を焼きながら、前歯が欠けた下ぶくれの顔を見せて笑った。

「いまは下手に動いちゃだめだ。じいっとしてないばだめなの」

と、久住さんがいった。夜逃げしてはだめだという意味で、久住さんの指導は労務と同じ結論になる。借金苦から逃げだすために逐電しても、身よりのない者がとりあえずその日から食い、住めるのは道内の炭鉱しかなく、そこが炭鉱であるかぎり、監視の網の中にあり、捜査代まで要求されて、借金はいま以上にふくれあがるからである。

しかし、動かなくても食わねばならない。働かない以上、親方は借金には応じないから、きょうの食べ物にも困る。どうすればいいのか。私はそんなことを考えていた。

そのときだった。戸口がふっと風のように開いた。恰幅のよい男がぬっと姿を現し、いきなりストーブまえにすわった。あぐらをかいたが、片脚は投げだしたままだった。雪国の男らしく色白だった。目鼻立ちにどこか崩れたところがあった。

男の出現で久住さんは鼻白んだ。酔いも醒めたようだった。

「浮田んとこ、行ってきたべ」

すわるなり、男はいった。労務だった。私たちの行動をちゃんと見ていたのだ。

「ああ、行ってきた」

久住さんが答えた。

「浮田、なんていってた?」

「なんもだ」

「なんもはないべさ」

「なんもだ。酒飲んで帰っただけだべさ」

労務は肩幅が広かった。浮田さんの体格に似て、がっしりと大柄で筋肉質だった。浮田さんとちがうところは、その目に冷たさをたたえていたことだ。浮田さんはもっと人なつこい、いたずらっぽい目の色をしていた。

労務は久住さんより私に注目していた。話しながら、ちらちらと私に視線を走らせた。よそ者が何をしに来たのかと警戒する目だ。あぐらを組まずに投げだされた右脚は、ズボンの上からでも生気が感じられなかった。義足ではあるまいか、と私は思った。

「では、そろそろおいとましましょうか」

久住さんが腰を浮かせた。久住さんは入れ墨の浮田さんを恐れなかったが、労務は苦手らしい。

「浮田、なんていってた?」

労務がたたみかけた。その実、労務は浮田さんのことではなく、ここで久住さんが何を話したか知りたがっていた。八十万円の借金がある脊髄カリエスのこの男が、逃亡されては貸し金がふいになるからだ。

「なあんもさ。困ってるってさ」

「浮田んとこがか？」

「そうさ。あそこも借金あっから」

「それでこっちも困ってるのよ。いちばん困るのは親方さ」

久住さんは無言のまま労務に背を向けて外に出た。


外はあいかわらず細かい雪がちらちら舞っていた。

遠い路地の向こうから人影が近づいてくる。長屋の明かりのある窓にぽかりぽかりと浮かびながらこちらへ向かってくる。人影の動くのはまだるこしくまだ遠くて、ざっくざっくとたくまし く雪を分ける音だけが確実に大きくなってきた。足音だけが聞こえるほど、それほど外は静かだ。

かつてはこの路地を、夜中でもたくさんの人が行き来した。二番方を終えて帰ってくる労働者、三番方に出ていく労働者の足音やたがいにかわしあう挨拶でにぎわった。いまは出ていく人の影もなく、帰ってくる人の足音もない。

事故のせいもあるが、六〇年代からこっち、政府が石油会社と結託して、石炭産業をつぶしてきたからだ。「石炭から石油へ」と、エネルギー革命の名のもとに石油が宣伝された。そしてまたたくまに石油に転換していった。変わり身の早さは日本に特有で、騙されやすさも日本の国民に特有だという。

いまでは、日本のエネルギー産業の九三パーセントを石油が占めており、そのすべてを輸入に頼っている。石油、石油とこれほど石油に頼って、先方が売らないといったらどうなるのだろう。石炭をつぶして石油をとる、農業を殺して工業をとる、日本の政府のやることは、どちらかをつぶし、どちらかをより強大にしていく。共存がない。どちらかを犠牲にして、どちらかが太っていく。

私は久住さんのあとに従った。

「酔いがさめたら、急におなかがすいた」

坂道を上りながら、久住さんがいった。やはり酔っていたのだ。労務のせいで酔いがさめたにちがいない。

バス通りに出ると、おでん屋がまだ店を開いていた。車の走る往還に出たので、私はもう、久住さんがどんなに酔っぱらおうがかまわなかった。久住さんは酒を注文し、私は豆腐とこんにゃくを注文した。すぐにしょうゆ色に煮しめられたおでん豆腐が一丁、まるのまま皿にのせて差しだされた。

半分にできない家を半分にして借りるという夕張で、半分にできる豆腐は、まるのままの一丁である。なぜでしょうね、と聞くと、

「こんにゃくも一丁だよ。これ、夕張の特徴なの」

と、久住さんがいった。

豆腐もこんにゃくも味がしみていておいしかった。しかし、一丁ずつの豆腐とこんにゃくを目

の前にすると、私はもうそれ以上注文することができなかった。

「あんた、人に裏切られたらその人を恨むでしょ」

盃を口に運びながら、久住さんがふいにいった。

「そうですね、恨むというか、以後、相手にしませんね。人を裏切るような人間は、恨んでも恨み甲斐のない奴ですからね」

「あんたは恨む。それ、いけないの。ぼくは恨まないの」

「どうしてですか」

そう聞かれるのを待っていると察したので、私はそう聞いてやった。

「恨めないの。その人にはその人の事情があったんだなあって思うの」

「そういう場合もあるでしょうね」

そういいながら、私は久住さんがこれまでずいぶん人に裏切られてきたのだと思った。

「そんなに何度も裏切られたんですか」

「裏切られたとは思っていないの」

「でも、裏切られたんでしょう?」

「裏切られたんでない。ぼくがなぜ人を恨まないかわかる?」

振りだしにもどる、である。私は少し意地悪をするつもりでいった。

「人を信じていないからじゃないですか。信じていなければ、どんなに裏切られたって少しも傷つかないでしょ。恨む値打ちもなければ傷つく価値もありません。笑って別れればそれでおしまいです」

「人を信じてるの。信じていても、恨まないの。なぜだかわかる？」

久住さんは良寛か「どん底」のルカ爺さんではあるまいか。私は少し面倒になった。久住さんは酔っている。豆腐とこんにゃくを早く食べて、早く帰るにかぎる。

そう思ったとき、私は急に気がついた。久住さんは単なる信義の問題をいっているのではない。もっと現実的な問題なのだ。

「お金のうえの裏切りなら、私は恨みますよ。お金には誠実不実の差はないですから。一万円札はどこへ行っても一万円だし、千円札は誰が使っても千円ですからね」

にっこり笑って詐欺にあった金と別れることはできない。

冗談まじりにそういったとき、私は自分の推測がずばり当たっているのを知った。

その夜、私は久住さんから、他人の借金の保証人になって、そのかたに自宅を取られたという話を聞いた。貧しい久住さんが、結婚してやっと建てた家だった。

久住さんはいま、山を背にした急坂の途中の家に住んでいる。家賃は五千円である。

人を信じて裏切られても恨まない、そうでなければ夕張での組織活動はできないのだ、と久住さんはいった。このとき、久住さんは浮田さんの忠告を忘れて気持ちよさそうに胸を張った。威張ったのだ。

おでん屋を出てバスに乗り、本町通りで降りて、久住さんの崖の上の家に向かった。家の明かりが見えはじめると、久住さんは酔いがさめたかのようにこれまでの何倍もの急ぎ足で歩きはじめた。家には妻の澄子さんがいるからだ。

ルカ爺さんや良寛は妻帯しなかったから暢気だったが、久住さんはそうはいかない。家に帰れば妻の澄子さんに頭が上がらない。結婚後三十年たったいまでも、まだ澄子さんに惚れているからだ。ふたりとも夕張育ちで幼なじみだったが、親戚の決めた婚約者のもとへ去ろうとする澄子さんを、久住さんは仙台まで追いかけていって連れもどしたという。それほどの恋女房なのに、久住さんは家事を手伝うなどさらにせず、毎夜炭住街をほっつき歩いている。久住さんは二人にとってたいせつな家まで失った。だからいっそう頭が上がらないのだ。

家に帰ると、澄子さんはすでにやすんでいて、私のために提供してくれている二階の屋根裏部屋には布団を敷いてくれてあった。

急坂の途中に建てた家なので、二階の床も斜めに傾いている。うちは頭をこっちにして寝たほうがいいの、と澄子さんが教えてくれたほうを頭にして寝ると、枕をしなくても、頭が足の位置より高くなる。

その夜、私は雪の急坂をずり落ちていく夢を見た。その恐怖で目覚めると、屋根の雪が重みで崖下に落下する音がつづいていた。

家

夕張は深い谷沿いの、南北に細長い帯のような町だった。百年ほどまえに良質の露頭炭が川底から発見され、当時は町中どこを掘っても石炭が出るといわれた炭鉱の町である。

町の北端に本町通りというのがあって、そこは全長二百メートルばかりの、古くからの商店街である。北へ行けば行くほど、山と山のあいだは狭まってきて、本町通りのあたりでは、商店街全体が谷川に向かってなだれ落ちていくのを舗装された二本の往還と、二両連結のジーゼルが走る鉄道とが、かろうじてつなぎとめているという感じだった。

その年の暮れ、私は夕張にいた。新鉱のガス突出災害で九十三人が死ぬという惨事があり、私はいてもたってもいられず夕張に来たのである。

炭都といわれたころの坑口は、この本町通りより少し上の山あいにあったようだ。炭層を掘りつくしたり、事故で閉鎖したりするたびに、坑口は南へ下がっていき、いまでは南部の平地に炭鉱住宅が集中している。

しかし、かつて栄えた本町通りは、さびれたといってもまだ町の中心だった。そこには、役所も消防署も病院も銭湯もあり、喫茶店や木造三階建ての写真館も、客はいないながらも風情ある趣きでここにある。

久住さんの家は、本町通りの坂を下って谷川にかかる橋を渡り、踏切を越えて谷の反対がわの道をしばらく下り、さらにまた急坂を上っていくという厄介な場所にあった。山の中腹といえば聞こえはいいのだが、実際には、山というより崖というほうがあたっていた。まわりは雪だったから、雪の崖に建っている家であった。

家に入って久住さんが二階と呼んでいる屋根裏部屋に上がると、ますますその感じはつよかった。チャップリンの「黄金狂時代」の崖の上の家に似ていて、木造の隙間だらけのボロ家だった。私ははじめ、この家の二階の切り出し窓から外を眺めてみて、このような家屋がよくも風雪に耐えてきたものだと感心していたが、ふっとチャップリンの崖っぷちの家が思い浮かんだとき、私は私の体重でこの家が谷底へ落ちていくのではないかと急に気になった。それからは二階の窓ぎわへあまり近よらないように用心したほどだ。

夕張の人たちは、傾ぐという自動詞を、かしがるという。家が傾いでいるからね、というときに、家がかしがっているからね、という。傾ぐよりさらにつよい自動の意味が感じられておもしろい。家もまた、人とおなじように、意志と忍耐とを分けあって生きているという感じがする。家が傾ぐときは、もはやこれまでと家自身が思い、こらえきれなくなってかしがるのである。

夕張へ来て最初の日、私は本町通りから少し下ったところにある小さな旅館に泊まった。このあたりでただ一軒残っている旅館だった。そこから目と鼻の先にある災害対策本部に通い、出入りする人に話を聞かせてもらうつもりだった。旅館は奥に細長い木賃アパートふうの造りで、鍵もかからない六畳の畳部屋が廊下つづきにならび、部屋の多くは谷川に向かってつきだしていた。

泊まり客は私一人だった。夜になると谷底から吹きあげてくる風で、廊下がまるで人が歩いてでもくるようにみしみし鳴った。

こんな旅館にふさわしく、といったらいいのだろうか、指名手配中の凶悪犯の似顔絵ポスターが、帳場にも廊下の突きあたりにも、便所の入口にも貼ってあった。東京神田の一家三人惨殺事件の犯人というのである。

夜、トイレに行くとき、薄暗い廊下の突きあたりと便所とで、私は二度も凶悪犯の顔と鉢合わせしなければならなかった。凶悪犯は凶暴な顔をしていなかった。丸顔で人なつこい笑みを浮かべていた。やや太めで短い眉にも愛嬌があって、総菜屋のおじさんかお好み焼き屋のおじさんという感じがした。そのちぐはぐさがかえってどきりとさせ、私は見るたびにおそろしかった。どうにも理解できないことだが、私はその凶悪犯の顔に自分自身を見るような気がしたのだ。

翌日は、対策本部の事務所に泊めてもらうことになった。対策本部の役員が、旅館で泊まるのは金がかかるだろうと気を利かせてくれたのである。

対策本部はしもた屋ふうの二階建ての家で、二階は会議室、一階は土間が半分、畳部屋が半分で、出入りする人のたまり場になっていた。土間には灯油タンクが置いてあって、そこから畳部屋にあるストーブに向かって、どくどくと血脈みたいな音を立てて灯油が注油されてくる。暖かいストーブのそばで、私は薄べったい事務所の布団を敷きかけていた。すると、表のガラス戸がコツコツと叩かれた。私は布団を敷くのをやめて土間に下りた。役員のだれかが忘れ物を取りにもどったのかもしれない。

戸を開けると、茶色の毛糸帽をかぶって、黒ジャンパーの襟を立てた五十年輩の男性が遠慮深そうな微笑をたたえて立っていた。

「ぼく、久住ですけど。久住治雄といいますけど」

と、彼は名のった。

「あんた、よかったらぼくの家においで」

久住さんは、対策本部の役員の一人だった。

「東京の女性がひとりでどうしているかと心配でね、おそくなったけど、事務所に来てみたの。ぼくの家へいらっしゃい。ぼくの家、遠慮しなくていいんですよ。二階があるんですから。二階を使ってくれていいですから」

これはたいへんありがたかった。私は翌日の洗面用具だけ持って久住さんについていき、その家の「二階」に泊めてもらうことになった。そればかりか、翌日から久住さんの案内で炭鉱の下請けの住宅街を訪問できることになったのである。

久住さんは私を勤勉家だと錯覚し、ものを書く人間というものは、炭住街を歩きまわって話を聞き、聞いたあとは、すぐさま机に向かって印象が鮮明なうちに原稿用紙に文字を書きつけていくものだ、と思いこんでいた。ものを書くことを仕事にしている以上、それだけの能力はあるはずのものだ、と信じていたのである。

炭住にあがりこんで話を聞いてきたあと、久住さんといっしょに帰って遅い晩ご飯を食べると、久住さんはすぐ、

「あんた、二階に行っていいですよ。まとめがあるんでしょ。書きなさい。ぼくはもうちょっと飲みますから」

という。

だが、二階に行ったところで、すぐに原稿が書けるわけのものではなかった。そもそも私はなにか書くために夕張に来たのではない。現場に行ってじかに自分の目で見たくてここに来たのである。書くのが目的ではなかったのに、私が日ごろものを書いている人間だと知ると、周囲の人たちは私が書くために来たと決めこんだ。むろん、私は原稿用紙くらいは持っていた。だから、書こうとすれば紙に不自由はなかったが、書くためにはまず理解しなければならず、その理解のまえで私は難渋していた。私は炭鉱について一般的な知識以外、あまりにもものを知らなかった。

二階には、部屋の中央に煙突が一本突きだしており、それが天井に抜けていた。下の居間を暖めているストーブの煙突が二階を暖め、屋根を抜けていくのだった。

「どうですか。二階、あったかいっしょ。寒いかい?」

久住さんは私が二階の暖かい部屋で熱心に机に向かっている、と想像していたことだろう。しかし、事実はぜんぜんべつだった。私は久住さんが見たらびっくりするような初歩的な勉強を、煙突のそばに寝そべり、ぼつぼつとやっているにすぎなかった。対策本部から借りてきた資料を見、夕張とはどんな街なのか、地中はどうなっているか、などというようなことである。

翌朝になると久住さんは、

「どう？　何枚か書けた？」

と私にいう。私は、

「まだまだです」

といいながら、それでも久住さんの厚意を裏切りたくなかったから、二階の窓ぎわの座卓の上にまっさらな原稿用紙を何枚かきちんと載せておいた。天井が低いので、おちついた書斎風景に見えた。

しかしその机には先のような理由で、つまりその机の前にすわるとそのまま久住さんの家が崖下に転落するような気がするものだから、私はついにすわることがなかった。

三日目の朝、久住さんといっしょに事務所に行くと、田所さんという人が、

「あんた、いまどこに泊まっているの？」

と私に聞いた。

「久住さんの家に泊めてもらっています」

と答えると、

「え？　久住くんち？」

と、彼は大げさにおどろいてみせて、

「あんた、あんな家によく泊まれるねえ」

と、いった。

「ぼくんちにおいで。久住くんちになんかにくらべれば、ぼくの家なんかまるで龍宮城だよ。いやもう龍宮城ですとも」

田所さんのいうところによれば、田所さんの家は表通りから行くと専用の路地があって、その路地をしずしずと歩いていくと、つつじと水仙を植えこんだ庭があり、さて玄関に着くわけだが、そこには忠義な老犬がいて、老いをものともせず果敢に主人の家を守っているというのである。

「玄関はサッシでできているんだよ。玄関だって久住くんちとはくらべものにならないくらい広いんだし、靴を脱いで目の前を見れば、廊下があって、家の中がすぐには見えないようになっているの。久住くんちなんか、あんた、戸を開ければ家の中がまる見えでしょうが」

田所さんがそういうと、久住さんは露骨にいやな顔をした。そして口の中で何かぶつくさいった。

しかし、田所さんの話もよく聞いてみると、久住さんの家が崖っぷちに建っている家とするなら、田所さんの家は崖を背負って崖の下に建っている家にすぎなかった。

犬といえば、久住さんの家にも犬はいた。角ばった中型の犬で、こちらはどう見ても忠犬とはいえず、自分の運命をはかなみ、主人である久住さんを恨んでいるかに見えた。

崖ふちの軒庇の下に犬小屋はあった。家と崖とのあいだの三十センチほどの細長い地面に犬は生きていた。足もとが危ういので、この犬はあまり動かなかった。動けばかならず何回かに一回のわりで足を踏みはずす。鎖をつけたまま宙吊りになるわけだ。それがわかっているから、あまり動かないのだ。犬というものはどんな主人であれ、主人であれば尻尾ぐらいふるものだが、この犬は久住さんが帰ってきても尻尾もふらず、久住さんのほうを見ようともしなかった。そっぽを向いて、たいてい前足に頭をのせて、崖の下の家々の屋根にぼんやり視線をただよわせていた。

とはいえ、私は久住さんの家に何の不足もなかった。久住さんの家はとにかく愉快であった。愉快というのは、久住さんも愉快であったし、家に訪ねてくる仲間も愉快であったにちがいないが、久住さんの家そのものが愉快な面貌をしていたからである。

こんなことをいうと、久住さんは烈火のように怒るにちがいない。田所さんが冗談混じりに久住さんの家をけなし、自分の家をほめたくらいでも、久住さんはその日一日不機嫌だったのだから。

ボロ家をけなされて腹を立てる久住さんの怒りは正当である。私は久住さんの家に何日か宿泊させてもらっているにすぎないが、久住さん夫婦にすれば、雪の多い長い冬をそこで過ごすのである。雪のない東京でさえ危険建造物といわれるような家が、雪の夕張に建っているのだから、「久住さんの家は愉快で住みやすかった」などと無責任な感想を述べれば、久住さん夫婦はもちろんのこと、夕張全体から抗議を受けかねない問題で、つまりは社会問題ということになる。

私も、もしそのような家に住んでいる人が貧相でみじめたらしく心貧しい人であったなら、愉快だなどという感想は決して出てこなかっただろうし、口が裂けてもそんなことはいわないだろう。崖っぷちのボロ家に住んでいる久住さんが、小柄な体に似合わず勇気凛々として、チャップリンのように情に厚く、ポパイのように空威張りしてその家に出入りしているからこそ、おもしろかったのである。

夜、久住さんといっしょに雪の急坂をのぼり、そこからさらに分かれた道だか崖だかわからないところを最後の力をふりしぼってやっとのことでのぼり、この家の前に立つと、私は急におかしさがこみあげてきて、ころころと笑った。おなかの底からこみあげてくるので、意志の力ではどうしてもこらえることができなかった。

夜、周辺が暗く寝静まっているなかで、久住さんの奥さんの澄子さんは、遅く帰る私たちのために玄関の軒灯を点けておいてくれる。暗い雪のなかで、軒灯だけは金色にきらきらと輝いている。おかげで久住さんの家の正面はすべて照らしだされ、斜めの地面に水平に立っていなければならないこの家の苦労がくっきりと浮かびあがるのだ。

玄関を支えている二本の柱のうち、斜面の上にあたるほうはちゃんと地面についているが、もういっぽうは宙に浮いている。したがって、丸い自然石が、山から拾われてきた姿のままで、宙ぶらりんの柱の下に押しこまれている。そのために、やっと家は水平に立っているのである。

とっくの昔にかしがりたがっている家が、忍耐のかぎりを尽くしてそこに立っている。忠義な家である。忠義のほどがしのばれて私はおかしかった。

雪の炭住街をうろうろと歩きまわり、久住さんにくたびれた、くたびれたといい、もういやだといい、久住さん、どうぞ先に行ってください、私はあとからマイペースでついていきますから、とのべつ訴えている私が、自分よりもっとくたびれたものを見るのは、なにかおかしく、共感の笑いが浮かんでくるのだった。

「あんた、どうして笑ってるの？」

と、久住さんがいう。

「いえ、べつに」

と、私は答える。そういいながら私は笑っている。久住さんの家が愉快なので、とはいえない。田所さんの例もあるし、そんなことをいえば、誇り高い久住さんはむくれるにきまっている。もう泊めてくれなくなるかもしれない。

「ぼく、なんかおかしい？」

久住さんが身のまわりを見まわす。

「いいえ、ぜんぜん」

と私はいう。その瞬間、私は玄関の柱の下の丸石を蹴とばしてみたらどうなるか、と空想する。私の軽いひと蹴りがこの家に致命的な打撃をあたえるのではないかと想像すると、自分のほうが強いような気がし、私は疲労がとれて急に元気がわいてくる。優越感によって励まされるのだ。

「ぜんぜんおかしくないです。ああ、やっと帰ってきた。家に帰るのっていいですね」

と、私はいう。

「それならいいよ」

久住さんもにっこりする。

私の不穏な空想には、久住さんはもちろんまったく気づいていない。


久住さんの欠点といえば、酒を飲みすぎることと空威張りすることではないだろうか。しかし、酒を飲むこと自体は欠点といえず、空威張りすることも欠点の部類に入らないのだから、理屈で考えればどちらも欠点とはいいがたい。河川敷にある炭住の下請け街を歩いていて、私はこれほど酒を飲む久住さんだからこそ、ここに住む人たちに受け入れられるのだと思うようになった。

しかたないの、あんたがしどろもどろになっちゃうのは、と久住さんが私をいたわってくれたことがある。借金で締めあげられた下請け労働者の家で話を聞き、それだけならまだしも、その家の夫婦の計画性のなさ、自堕落さに絶句してしまったときのことだ。しかたないの、と久住さんはいった。夕張に住んでいるぼくだって、下請けの仕組みなんてもの、最近までわからなかったんだもの。下請けの労働者の生活、なんとかしなきゃだめだっていうことで、このへんもう何年も歩いてきて、やっと話ができるようになったのは、数か月まえのことなんだもの。それまでは金だけ借りに来て、お金借りると逃げていっちゃったりして。そんなふうに久住さんがいったことがある。

といって、久住さんは下請け労働者を組織するために酒を飲みはじめたわけではないだろう。

久住さんは根っから酒が好きなのだ。

　私は久住さんの酒と空威張りにすっぽかされることがよくあった。すっぽかされるといっても、約束をたがえたり、話すことが不正確だったりするわけではない。なんとなくちぐはぐなのだ。久住さんは久住さんで正しく、私は私でまちがっていないのに、どういうものか話の焦点が合わなくて、頭に霞がかかることがよくあった。

「ぼく、お酒には不自由しないよ」

　久住さんの家で、ウイスキー瓶をかかえた久住さんが、ある日、そういった。

「ぼくには子どもがいっぱいいるでしょ。みんな大きくなって都会ではたらいてる。正月には、おじさん、おじさんてお酒送ってくれる。正月に三月まで飲めるぶんのお酒、たまっちゃうの」

　子どもたちがおじさんというのは、彼らが久住さんの実子ではないからである。実の子以外に、久住さんは下請けの炭住の子を何人か育てた。

「その子たち、みんな二階にいたの」

　久住さんは吊り天井みたいな二階を指さした。

　ストーブとこたつのある居間で、久住さんはコップにウイスキーを注ぎ、そのコップを抱きしめるようにしてにこにことしゃべる。茶碗や皿など日常食器は粗末な食器入れにしまってあるが、グラスや酒やウイスキーは、黒光りしたサイドボードに入っている。久住さんはすわった席から体を斜めに倒して、サイドボードに手を伸ばす。

「ぼく、お酒、飲んじゃおうかな」

と、無邪気ににっこりする。

炭住街の浮田さんの家に行ったとき、私は、

「久住さんは、いつもこういうふうにお酒を飲んで酔っぱらって来るんですか」

と、なにげなくたずねた。

「飲まないで来るときもあるよ。でも、飲んでいくよ」

浮田さんははにかんだ笑顔を浮かべていった。名答であった。

その帰り道、バスで本町通りまで帰ってきたときに、久住さんはちょっと一軒寄っていこう、と私を誘った。本町通りの坂道は、すでにスケートリンクみたいにつるつるに光って凍っていた。人通りはなく、ところどころに街灯がともり、スナックや飲み屋も明かりを落としていた。どの店も、客が入らなければ照明を消して、電気代を節約しているのだ。

私は、もう遅いからやめましょう、と久住さんにいった。たいして遅い時間ではなく、七時を少しまわっただけだった。久住さんの家はもう目と鼻の先である。私は早く帰りたかった。もう飲まないほうがいいですよというと、久住さんは突如としてつぎのようなめちゃくちゃをいいだした。

「ぼくは夕張で生まれたの。そうして夕張で育ったの。夕張で生まれて夕張で育ったぼくが、どうして夕張で飲んじゃいけないの?」

まったくもってめちゃくちゃだと思い、こんなことを口走るようではいよいよいけないと考えたから、私は頑として誘いに応じなかった。

「え？　どうしてだめなの？　ぼくは夕張で衣食住ぜんぶまかなっているのよ。あんたなんかが来るずうっとまえから、ぼくは衣食住ぜんぶ夕張だよ。あんたなんかが来るずうっとまえから、ぼくは……」

「そんなに夕張、夕張って、夕張ぜんぶ自分のもののようにいわなくてもいいじゃありませんか」

「だって、そうなんだもの。みんなぼくのものなんだもの。お酒だってぼくんだし、人のを飲むんでないもん」

衣食住ぜんぶ夕張でやっているのに、どうして飲むのだけがいけないかと久住さんは主張し、けっきょく一軒だけという条件つきで、私と久住さんはカウンターだけの狭い小料理屋に入った。カウンター席にすわると、久住さんは女主人と親しそうに会話をかわしていたが、目のまえに注がれたコップ一杯のビールを飲み、

「ぼく、歌っちゃおうかな。ぼく、歌ってもいい？」

と、甘いうれしそうな笑顔で私を見た。

カラオケのある店だった。久住さんはどう見ても歌がうまいとは見えない。むしろ音痴に見える。私は久住さんの歌に失望したくなかったので、

「およしになったほうがいいんでないですか?」

と、北海道アクセントで語尾をはねあげて忠告した。

久住さんはすなおに、うんと答えた。しばらくしてまたいった。

「ぼく、歌っちゃお。ぼく、歌っちゃっていいかしら」

こんどは私も止めなかった。さっきは久住さんが譲歩したので、こんどは私がゆずってやろう。久住さんのどんな金切り声を聞かされても失望しまい、と私は覚悟を決めた。久住さんの酒はおおむねよい酒なのだから、そのくらいの酔狂は許されていいだろう。明日になったら、今夜どんな声を聞かされたか知らぬふりをしていてやろう。

ところが、久住さんの歌は意外にうまかった。久住さんのいう「酒の味」のように、枯れた味があった。久住さんは「奥飛騨慕情」を歌った。それは私にとって意外な選曲だった。久住さんがもし歌うとすれば、十六、七の女の子の歌手が歌うようなものを選ぶのではないか、と思っていたからだ。明るくて甘くてドライな歌のほうが、欠点がめだたなくていい、と私は思っていた。しかし久住さんが歌ったのは「奥飛騨慕情」で、これは平凡な歌で、どのように歌っても歌になる歌らしいのだが、久住さんはあんがいパンチのきいた低い声で歌い、ときどき目がかすんで歌詞が読みとれないのか一字とばして歌ったりして、そこがまたよいのだった。

翌日、対策本部の事務所に行くと、若い地区委員の橋口さんがあぐらをかき、畳に新聞を広げ

て読んでいた。私は、

「久住さんの歌、聞きましたよ」

といった。

「え？　久住さんの歌につきあわされたんですか。それはお疲れさまでしたね」

橋口さんは顔をあげ、気の毒そうにいった。

「それが、なかなかうまかったのですよ」

私がそういうと、

「まさか久住さんの歌をほめたりなんかしなかったでしょうね」

そんなことをされてはこちらが迷惑するという口調である。

「ほめました」

「ほめたんですか」

「だって、うまいと思ったんですもの」

そういうと、橋口さんは、

「久住さんの歌をほめるのはむずかしい」

と笑って、新聞をたたみ、できてきたばかりのチラシを数えはじめた。

「うまいと思わないんですか」

「どうですかね」

その答えに、私は不満だった。

「うまいと思いますよ。少なくても、きのうは上手でした」

私がしつこくそういうと、

「そんなもんですかね」

橋口さんは気のないあいづちを打つと、その後はもう久住さんの歌にはふれなかった。

つまり、久住さんの歌は下手で、だいぶみんなが迷惑している、ということになる。橋口さんのいうほうが正しいのかもしれない。

だが、やはり私は、久住さんの歌はなかなかいけると思っている。のど自慢に出せば、鐘一つ半くらいの感じで、審査員が甘ければ二つ、辛ければ一つの歌である。しかし、その程度の歌でもうまい歌というものはあるものだ。私が、久住さん、歌うまいね、いいねとしんみりというと、久住さんは、

「あ、ぼく、歌うまいかしら。ぼくの歌、うまい？　じゃ、もう一つ歌っちゃお」

とうれしそうに笑って、昨夜はもう一曲歌った。やはりなんとか慕情という歌で、久住さんは「慕情」が好きなのだった。

二曲歌って、それ以上久住さんは歌わなかった。それもよかった。感情過多にならず、歌をひけらかしたりもせず、なにより自然に久住さん流に歌うのがよかった。「奥飛騨慕情」などという歌は、題はいいものの歌詞はまったくとんちんかんで脈絡がなく、「君はいで湯のネオン花」

だったり、「谷間の白百合」だったり、雷鳥が鳴いてみたりというような、どこかからかき集めてきたつまらない単語の羅列なのだが、それでも久住さんが歌うとどことない慕情が感じられた。

私は、東京のある小さな集まりの二次会で、会員の一人が「バイカル湖のほとり」を歌ったときのことを思いだした。オペラ歌手になりたかったというだけあって、歌唱力は素人ばなれしていた。酔ってはいたが、ロシア語でよく歌った。歌いおわったとき、座の一人がいった。

「君の歌はすばらしい。声もいいし、声量もある。しかし、ふしぎなもんだね、世界観がないなあ」

歌い手が気を悪くしたのはいうまでもなかった。

「世界観がない？　そりゃ、おまえの歌は歌じゃないってことじゃないですか」

猛然と反撃した。たしかにそのとおりだ。人生観、世界観がなければ歌ではない。そういう意味でいえば、久住さんの歌はまさしく歌であった。崖っぷちの犬小屋で、わが身のさだめをはかなんでいる久住さんの飼い犬が見えてくるような歌であった。

「ぼく、けんかが強いように見えないしょ。だけどもぼく、けんか強いんだよ」

明日はいよいよ東京へ帰るという晩、久住さんはこれだけは正確に伝えておきたいというようにそういった。

もう何度も久住さんの口から聞かされてきたことだった。酔うと久住さんは力を誇示しはじめる。

「若いころはよくけんかしたものだよ。いまはしないけど。いまだって、する気になれば強いんだ」

けんかなど強くても弱くてもどうでもいいことである。久住さんは自分が強いと信じさせたがっているのだから、こちらも信じたふりをしてやればよいのだが、あまりにも他愛ない自慢話には興ざめしてばかばかしくなり、私はつい上の空で聞き流す。

けんかが強いか弱いかは、見た感じで見当がつくものだ。体格や身のこなしのシャープさ、運動神経。久住さんはそのどれもが欠けていた。それなのに、下請けの炭住街に行ったとき、何を諫めようとしたのか若い稼ぎ人に向かって、

「おれはけんかが強いんだ。かかってくるというならいつでもかかってこい。受けて立つ」

と見栄を切ったのである。相手が視線をそらして苦笑しているからいいようなものの、こんなせりふをまともに受けとめる間抜けがいたら、久住さんは身から出た錆だからいいとしても、私までとばっちりを食いかねない。

「強い、強いといいますけど、これまでの戦績は何勝何敗なんですか」

その夜、これが最後と思って、私は意地のわるい質問をした。ストーブがうなり、テレビがニュースを伝え、久住さんはうまそうに酒を飲んでいた。

「何勝何敗といって、だって強いやつとやるんだもん」

「じゃ、ゼロ勝じゃないですか」

「だって、強いやつとやるんだ。弱いのとはやらないよ。弱いものいじめというのは、ぼくはこの生涯、一度だってしたことがない」

「あたりまえです。だけど、強いものに勝ってこそ、強いというんでしょ。負けるんじゃ話にならないです」

「だって、負けるとわかっている相手に向かっていくんだもん」

「それにしたってです。それで勝ってこそ強いといえるんです。ゼロ勝全敗じゃしょうがないです」

久住さんの妻の澄子さんは流しで洗い物をしている。水の音が高く聞こえる。澄子さんに聞きとがめられて夫婦の絆で加勢でもされてはかなわないので、私は低めた声でいった。

夕張に来て、久住さんの家に泊めてもらって以来、久住さんは終始一貫おいしそうに酒を飲んでいる。やけ酒は見たことがない。

雪で曲がったテレビのアンテナもなおしてくれぬとか、犬に餌もやってくれぬと澄子さんに愚痴をこぼされ、叱られ、どなられても、久住さんはどこ吹く風でうまそうに酒を飲む。自慢の石炭風呂をあふれるほどの湯量で焚いてくれたことがあったが、それは私が最初に来た日、一日だけだった。あとは風呂にしろ、食事のしたく、後片づけ、掃除、洗濯、犬の世話までぜんぶ澄子さんがする。

澄子さんだってただの主婦ではない。全日自労という団体の事務職員で、会計という厄介な仕事を引きうけ、現場への人員配置もやっている。それにくらべると、久住さんは澄子さんの指示で現場に派遣される作業員であるにすぎない。もっとも、役職には就いているはずだが、日常雑務はなにも受けもっていないはずだ。

どのような事態になろうとも、久住さんはひとりうまそうに酒を飲み、よい気分で眠り、翌朝元気よく出勤していくのである。

そんな久住さんに、私は一晩くらい苦い酒を味わわせてやりたかった。雪の坂道を歩きまわり、くたびれたと叫び、何から何まで久住さんの厄介になり、したがって頭は上がらず、しかし、だからこそこのまま東京へ帰りたくない気持ちもあった。

こんな考えがわいてきて、私はゼロ勝全敗ではどうしようもない、それはけんかが強いのではなく、鼻っ柱が強いというだけであり、雄鶏みたいにけんか好きということばさえあるのだ、と強調した。

なんといわれても、久住さんはうまそうに酒を口に運んでいる。酔っていて、酒以外のことはどうでもいいのだ。そんな久住さんを残して、私は二階に上がった。二階といっても、吊り天井みたいな屋根裏部屋である。居間の奥の納戸の横にはしごがあり、二階に行くにはそれをよじのぼることになる。

二階に上がると、「あんたなんかが来るずうっとまえから、ぼくは衣食住ぜんぶ夕張で……」

という久住さんの声がよみがえってきて、私は夕張で一勝して帰ってもしょうがないではないか、という気がしてきた。

東京へ帰ってから、もう二冬めがめぐってくる。

あのとき以来、私は夕張には行っていない。久住さんの家がつぶれたとか壊れたとかいう便りは聞かないから、あの家はまだ健在で、片方の柱をつっかい石にのせ、水平を保ちながらがんばっているのだろう。

雪の重さにも歯を食いしばって、主人である久住さんと同じく、勇気凛々空威張りをしながら、どうやら一冬を耐えぬいたことになる。

夕張にいるあいだ、その面がまえがおかしくて私は笑い、笑うことによって疲労が回復した。遠く離れてみると、あの家のけなげさ、忍耐と意志のほどがしのばれて、今年の冬はだいじょうぶだろうか、まだがんばれるだろうか、と心配になってくる。

いまは、あの家の前に立ってあんなにも笑いつづけたことを、失礼したと思っている。

ふたたび冬がめぐってくるわけだが、今年の冬も、久住さんは雪に埋もれて折れたアンテナの下で、映りのわるくなったテレビを見ながら、うまそうに酒を飲むのだろうか。

久住さんは、澄子さんのためにテレビのアンテナをなおしてやっただろうか。

メコンのほとり

タンソンニャット空港に下りたつと、マイさんが四台のワゴン車を連ねて迎えにきていた。私たち一行は二十人、マイさんはベンチェ省のピープルズコミッティ、つまり人民委員会の外渉担当責任者で、私は、三か月ばかり前、彼が来日したとき東京で会ったことがある。

それはベトナムの子どもを支援する会のメンバーが、マイさんを日本に招待したときに開いた小ぢんまりしたパーティであった。都心の病院の職員食堂を借りきるという安上がりの場所で開いた、わずか十数人の立食パーティだったのに、日本は初めてというマイさんは、緊張しっぱなしであった。

会の終わりがた、挨拶に立ったマイさんは、やたらに「感謝します」を連発した。まずベンチェの障害児に対する会員の援助に感謝し、今回、日本に招かれたことに感謝し、それだけでも十分なのに、無料診察をつづけてきた医師団に医師の名前をひとりひとりあげて感謝した。ようやくそれが終わると、昨夜泊まった宿で寿司をごちそうになったことに感謝し、今夜のパーティに感謝し、多忙ななかを参会してくれたことに感謝した。そこに子犬が迷いこんでくれば、子犬にまで感謝しかねないだろうと私は苦笑した。

白のワイシャツと濃紺のスーツに身を包んで、直立不動の姿勢で謝辞を述べる二十八歳のマイさんは、頬骨の立った赤銅色の顔とあいまって、いかにも社会主義国の人らしい形式主義を私に感じさせた。感謝しますという無難なことば以外、マイさんの肉声を、その夜、私は聞くことができなかった。

しかし、タンソンニャット空港で再会したマイさんは、東京のときとはまるで印象がちがっていた。マイさんはあのときと同じように簡素な白いワイシャツと黒いズボンであったが、その骨ばった肢体は小躍りせんばかりだった。彼は旧知の間柄になった医師や理学療法士と抱きあい、しきりに英語で冗談をとばした。携帯電話を使ってベンチェの宿舎と連絡をとるとき、ベトナム人ならばアローと呼びかけるところを、わざわざ「モーシ、モシ」といってみて、相手が驚くのを楽しむ茶目ぶりも見せた。ここはまさしくマイさんの故国なのだった。

高田医師が、「モシモシ」は「申します、申します」の略であり、アイルトークユーの意味なのだとマイさんに教えた。高田医師は琵琶湖のほとりの心身障害児施設の園長であり、小児科医であった。障害児に関する著書をいくつか書いてきた私は、その編集者に紹介されて高田医師を知り、この会の存在を知り、ボランティアの旅にも声をかけられて参加したのだった。

空港からベンチェ省のベンチェタウンまでは車で三時間余かかる。省とは日本でいえば県といったところか。途中、メコン川の支流をフェリーで渡る。ベンチェはメコン川の中州の省で、陸路だけでは行くことができない。

私たちの一行は、出迎えのワゴン車に乗りこんだ。車椅子や松葉杖や玩具などカンパする品物を荷物専用車に積みこんだため、私が乗るときには、奥から順に人がつめていて、残っているのは幸運にも見晴らしのいい最前列と二列目の二席だけだった。

「ここに座っていいですか」

最前列は前方が一望できる。すばらしい席だと思って私は聞いた。

「どうぞ、どうぞ」

後部の座席で、談笑をしていた人が打てば響くように答えた。

一行は、理学療法士や医師や保健婦、車椅子のエンジニアなど、この旅には欠かせない人々だった。礼儀正しく後ろの席からつめていったらしい。彼らのような役に立つ人間でなく、一般団のひとりとして参加した私は、上等の席に座るのには気が引けた。

「あとから来たのに、よい席で、みなさんに悪いみたいですね」

「よい席だなんて、そんなことありませんよ。そこに座りたがるのはしろうとだけです。ぼくたちベトナム通は、座りたくないから空けてあるだけなんです」

冗談好きな若い心臓科医が後部の席から元気よく返してきた。

「なぜ?」

「魔の席だからですよ」

後部で意味ありげな笑い声がおきた。

「何かあるんですか」

「何もありはしません。ただ、ベトナムでは、最前列は怖いですよ。ぶつかるのも先頭だし、それに無茶な走りをしているのがみんな見えちゃって怖いんです」

冗談ともまじめともつかずいった。

私の後ろに高田医師と通訳のフォンさんが座って、車は出発した。空港を出て、南へ向かう幹線道路はもうぎっしりの自転車とバイクであふれていた。雲霞のような群れというが、まさにその通りだった。

道路は舗装されてはいたが、自転車の大群のために、地表から五、六メートル上空まで土埃が舞いあがり、それが赤茶色の帯になって彼らの頭上を追っていた。埃の帯は自転車の群れとともに走った。前も後ろも横も、自転車だった。彼らは私たちの車体すれすれまで寄ってペダルをこいだ。ここではワゴン車も、自転車並みの速度しか出せないから、すれすれで走ってもまきこまれたりはしないのだ。

車と車のあいだにも自転車が割りこんでくる。車は、たえず警笛を鳴らしながら走った。周囲は、乗り潰し寸前の灰色の自転車と、汗と埃にまみれた若者たちの大群であった。

夕暮れであった。勤め帰りの人たちなのであろう。道幅いっぱいに、はるか遠くまで自転車とバイクの群である。

太陽は西に傾きはじめていた。腕時計を見ると、六時半をさしていた。私はまだ、時差を調整していなかったことに気がついて、短時計を二時間前にもどした。日本との時差は二時間で、ベトナムのほうが遅い。

二時間もどすとちょうど四時半で、退庁の時刻だった。このおびただしい人々の群は家へ帰るのだろう。

「夕方のラッシュアワーですね」

後ろの席をふりむいてそういうと、

「そうです。しかし、一日中こんなものですよ」

高田医師のおだやかな声が返ってきた。彼は十年も前から、夏になると勤務先の休暇を使って、ベトナムへ子どもたちの診療に来ている。つまりこの十年間、彼は自分自身の夏休みをもたなかったことになる。それはここに参加した医療関係の人はみな同じだった。

ふしぎに思ったのは、自転車の群れが市内から郊外に向いて移動しているだけではない。向こうからも自転車が路面を埋めつくして市内に向かっている。

「変ですね。今ごろの時刻にこんなに大勢、中心街に向かうとは。夜勤でもする人たちなんでしょうか。日本では考えられないことですね」

ふりむいてふたたびそう問いかけると、

「習いごとをしに行くのです。ベトナム人は勉強家ですから、仕事が終わってから、英語やパソコンを習いに行ったりします」

通訳のフォンさんが代わって答えた。

自転車の二人乗りが多かった。ベトナムではまだ交通法規がなく、車でも自転車でもバイクでも、乗れるだけ乗ればいいのであった。自転車には三人乗り、四人乗り、子どもも乗って五人乗りもいる。

私たちの車は干し草を山と積んだシクロを追いこした。シクロは自転車と同じだが、荷物を後ろに乗せるのではなく、前につける。汗だくになってペダルをこいでいるのは痩せた初老の男である。彼の視界は、高く積みあげた干し草でふさがれていた。前方がまったく見えないのに、彼は懸命にペダルをこぐ。

「前が見えないのによく走りますね。曲芸みたい」

「前じゃなくて、横を見ているんですよ。横にいる自転車を見て、自分の位置を知って走るんです」

またフォンさんがいった。

対向車線にとつぜん牛車が現れた。牛は鞭を当てられてもいないのに、追われるように走っていた。鈍重な牛さえ目を剥き、なにかもう、使命を果たすためには走らずにはいられないといった面持ちで、必死に前進していた。人間たちと同じように、荷を引く牛も気の毒なほど痩せこけていた。

私たちの車は冷房が効いていたけれども、街路は熱波のはずであった。彼らは埃まみれの黒い汗を流していた。そして前へ前へと向かって、せわしくたえまなくペダルを踏みつづけた。

沿道の両側には、間口二間ほどの、同じような薄暗い店が並んでいた。どの店も古タイヤや屑鉄のようなものがうずたかく積まれて店先にはみだしており、そして店主らしい男は広い歩道にハンモックを吊るしてのんびりと休んでいた。

フォンさんによると、これらのどこまでもつづく店は、自転車やバイクの修理屋だとのことだった。どこまで行っても、自転車は絶えることがなかった。そして長いこと信号というものがなかった。信号がないのに、曲がり角がくると、どうやって脱出するのかまるで神業のように何台かの自転車が群れを抜け、横道にそれていくのだった。

一時間も走っただろうか。さしもの自転車の群も間引きされたようになり、沿道には、ちらほらと露店の物売りが姿を見せるようになった。物売りは一か所にかたまらず、数十メートルおきに車道の傍らに立っていて、冷やした缶ジュースや蒸かし饅頭、ミネラルウオーターを売っていた。売り子は女か子どもか老人であった。

三、四十歳と見える痩せた母親が、フランスパンを売っている。そばにベニヤ板が立てかけてあり、細長いフランスパンが一つずつポリ袋に入って吊り下げられている。そこがフランスパン屋だということは遠くからでもよくわかる。露店で買い物をする人は、いちいち自転車をとめたりしていない。走りながら、金と引き換えにすばやくものを受けとるのである。

「車がふえましたね。それにバイクがぐっとふえました」

高田医師がいった。

「車など、去年はほとんど見なかったものです。ベトナムも一年ごとにずいぶん変わります」

十年ほど前、京都の小学校の女教師がベトナムに旅行して、ベンチェに立ち寄った。ベンチェ省は、南ベトナム民族解放戦線発祥の地であり、米軍によるナパーム弾の爆撃もひどかった。彼女はそこで眼球のない子どもに出会った。細胞分裂のとき眼球ができなかったので、目のある位置は皮膚が深くくぼんでいるだけだったが、驚くほどの声量の持ち主で歌手にでもさせたいくらいだった。彼女はその足で省の人民委員会にかけあい、手持ちの一万円をカンパして、これからの障害児支援を約束してきたのだった。高田医師がまず共鳴し、それから十年、訪問と支援がつづいてきたのである。

メコンの渡し場に着いたころ、太陽は西の地平線に移っていた。船着場は、フェリーを待つトラック、ワゴン車、バイクと自転車、それに人、人、人で、祭りのようにごったがえしていた。フェリーに乗る客を目当てに屋台が出ている。焜炉を地面に置き、餅を焼く女がいる。しょうゆの匂いが車内まで漂ってきて、早めの機内食を食べたきりの私の胃袋を刺激した。ガラスケースに氷を入れて、冷やした缶ジュースを売る少女、果物を売る女、天秤棒を担いだバナナ売りの老人、宝くじを売る少年、声高に物を売る声、あたりは物売りであふれていた。

「車を降りて、手すりの右側の通路をまっすぐ歩いてください。おなかがすいても、よそ見はしないでください。突きあたりに階段がありますから、そこを上って待っていてください」

フォンさんが手を口にあてて大声で叫んでいる。

雑踏の中を、私たちはフォンさんのいうとおり、手すりに沿って通路を歩いた。前方に七、八段ほどの階段があった。それを上ると木のベンチが並んでいた。そこからは遠くの椰子林のかなたに沈んでゆく太陽が見えた。太陽は真っ赤で、椰子林を染めている。メコンもすぐ目のまえにあった。大河の風景は見ているだけで開放感があった。赤茶けた重量級の水が渦巻き、しぶきをあげながら下流へ流れていく。

ふと、ゆったりとあたりの景色が揺らいでいるのに気がついた。フェリーが動きだしていた。待合室の二階と思っていたそこは、フェリーの甲板で、私は知らずにフェリーに乗っていたことになる。フェリーは道路の延長として接岸し、道路が切り離されるようにして音もなく岸を離れたのだ。

陽が落ち、あたりは薄墨色になった。もう何も見えない。川風が吹き、はるか向こうの岸に、目的地ベンチェの明かりが小さくまたたいているだけである。

私は先ほどの階段をたどって階下に下りてみた。階下は真ん中が広い車道、手すりの両脇が歩道で、フェリーに乗りこむ前の道路風景がそっくりそのままの形で胎内に呑みこまれている。

歩道の隅に若者が腰をおろし、柱に上半身をあずけて眠っていた。黒々とした髪の若者は、腕を組み、組んだ腕に深く頭を垂れて、短い休息を根かぎりむさぼろうとしていた。ひきしまった顎のあたりの曲線が、まだあどけない幼さを見せている。眠るならもっと広々としたところもあるのに、盗まれるのを警戒して、彼は自分の自転車のそばを離れたくないのだろう。この若者は、メコンを渡り、どんな家に帰るのだろうか。

宿舎は市庁舎の隣で、ベンチェ川に沿うグリーンベルトの一郭にあった。人民委員会付属のゲストハウスで、火炎樹など緑の葉を広げる大木に囲まれ、見るからに涼しげな、白い四階建ての建物である。

冷房も効いており、扇風機もついている。天井には、プロペラ型の扇風機が取りつけてあって、それがあまりに旧式で部厚い鉄の羽根をもっているために、安普請の薄い白い天井がいまにもはがれ落ちてきそうに見えた。ベッドはピンクの蚊帳で覆われていた。マラリアの多発地帯で、ここでは蚊への対策が欠かせない。

その翌日から、私たちは三つの班に分かれて、一週間の予定で、医療援助活動をはじめた。ベトナムの朝は早かった。太陽があたりをほの白くさせるころから、人々は活動をはじめる。私の部屋は大通りとは反対の向きにあったが、通りを走るバイクや自転車のタイヤのこすれる音が、低いうなりをあげて響いてきた。腕時計を見ると、五時半だった。私はその音で目覚め、朝食の前に川沿いの公園を歩き、ベンチェ川を眺めた。

目の前に見るベンチェ川は、メコンの一部にすぎなかったが、やはり赤土色の水量豊かな大河であった。重い流れが、ゆっくりと海に向かって移動している。それは流れるというより、まさに移動であった。上流の山や大地を削りとって、栄養分をたっぷり含んできた流れは、人口百四十万人が住むベンチェという中州を造りあげてきたが、いつの日かこの広大な中州をも海に押し流してしまいかねないと見えた。

散歩から帰ると、玄関ロビーでは、高田医師が地図を広げていた。その日、私たちは少し遠出して、タンフー地区に行くことになっていた。

「タンフーはどこにあるんですか」

と聞くと、

「いま、探してるんです」

と高田は答えた。そこで、地図はどこで手に入れたのかと聞いてみると、

「フロントにありますよ。地図のことをベトナム語でバンドゥっていうんです。フロントで、バンドゥ、ベンチェといって買っていらっしゃい」

と教えてくれた。

フロントには、目の大きい、すらりとしたアオザイの女性がいた。

「バンドゥ、ベンチェ」

フロントの女性は微笑し、ウイスキーやタバコの並んでいる背後の棚から、巻いた一枚物の地図を出して広げた。

ハウマッチ？ といいながら財布を開ける。フロント嬢は４５００と私の差し出したノートの端に書いた。ベトナムの紙幣の絵柄はぜんぶホー・チ・ミンの肖像画である。色は違うが、同じ絵柄なので、すぐには札の区別がつかない。

手間どっていると、フロント嬢は、私の手元からすばやく一枚をつまみとり、釣りとして五百

ドン札を返してよこした。地図一枚、四千五百ドンである。日本円にして四十五円である。バンドゥと発音したとき、版図という漢字が思い浮かんだ。ベトナムは、もと漢字圏である。ロビーのテーブルで地図を広げ、タンフーを探していると、上から声が降ってきた。

「おはようございます。ぼく、通訳のヤンです」

ヤンさんが二階から降りてきて、きれいな日本語で話しかけてきた。

「ヤンさん、昨日の自己紹介はよかったですね。名前、すぐ覚えましたよ」

私は笑顔を返しながらいった。

ヤンさんとは、昨夜の自己紹介のパーティで初めて会った。これで一行二十人につく通訳は二人になる。

彼はみんなの前で、「みなさん、ぼくの名前、ヤン坊ニン坊トン坊のヤンです。みなさん、ぼくの名前、絶対、忘れないでね」と張りのある日本語で挨拶した。そのとたん、全員がヤンさんにかくべつの親しみを覚え、その場が明るい笑いに包まれた。ヤンさんは、民放テレビで長く続いている「ヤン坊ニン坊トン坊」三人組のコマーシャルにそっくりの、丸顔で頭が大きく、生き生きしてよく動く目をしていた。

タンフーへはフェリーで行くのであった。朝食後、ワゴン車で、来た道とは反対の船着場へ行き、フェリーに乗った。フェリーでの隣席はヤンさんだった。

川の流れは疲れを癒す。心が大きくなった感じがする、と私がいうと、ヤンさんは、

「メコンの水位が上がってますもんね。上流で木を伐ってしまうので、山に保水力がなくなってますもんね」

と、瞳を曇らせ、憂い顔でいった。ヤンさんは、日本の大学院で環境工学を勉強しているという。水位への心配も、専攻から出たものだろう。優秀な若者だが、政府派遣の留学生ではなく、日本の企業が募集した留学生なので、生活は潤沢ではない。夏休みには故郷に帰ってきて通訳のアルバイトをしているのだった。

「ヤンさん、日本語は最初、どこで勉強したんですか」

「はい、独学です」

独学という熟語を知っているのだった。

「ベトナムで?」

「いいえ、日本に行ってから覚えました。友だちに教えてもらったり、テレビを見たりして覚えました。テレビはよく見ました。語学の勉強になります」

私はヤンさんの年齢を知ろうとして尋ねた。

「ヤンさん、ベトナム戦争のときは生まれていましたか」

「はい、生まれていました。戦争が終わったとき、二歳でした」

サイゴン陥落は一九七五年だから、すると、ヤンさんはいま、二十七歳ということになる。

「お父さんやお母さんは苦労なさったのでしょうね」

「はい。苦労したと思います。ぼくは赤ん坊でしたからわからないですけれども」

「爆撃はありましたか」

「ぼくの村は高地なので、爆撃はなかったです」

「それは幸運でしたね。お父さんもやはり解放軍で戦ったのですか」

「ぼくのお父さんは、政府軍だったのです」

私がうろたえたのを察したのか、ヤンさんはつづけた。

「お父さんは村の犠牲になったと思います。ぼくの村が解放軍のゲリラをかくまっているという疑いを受けました。それで村を全部焼くといわれたときに、村のおもな人が集まって、だれかが政府軍に志願したら、疑いが晴れるだろうと相談しました。それで、ぼくのお父さんと、ほかに二、三人の人が志願しました。それで村は焼かれなかったのです。お父さん、政府軍でかなり上まで位が上がりました」

「では、ヤンさんの立場は、その後、あまりよくないですね」

「はい、あまりよくありません」

「今もですか」

「はい。解放軍で戦った人はいばっていたりして。でも、ことばではいえないほど苦労をしたのだから、しかたないと思いますけど」

成績優秀なヤンさんが政府派遣の留学生になれなかったのは、その出身のせいだろう。私は想像し、さらに、昨日の歓迎パーティで戦争体験を話したフュイという女性を思い浮かべた。

フュイは貧農出身で、十四歳で革命を志願した女性であった。少女のときからジャングルで傷病兵の看護にあたり、サイゴンが陥落したときには三十歳になっていた。その後は人民委員会の委員となり、責任ある地位にもついて、つい先ごろ定年退職したのであった。小柄なせいか歳よりもずっと若く見え、静かな表情をしていた。ことば数の少ない、ひかえめな印象に好感をもったので、私は心配になった。

「フュイさんなどもいばっているのでしょうか。つまり、特権階級なのですか。利益は先に取ってしまうという」

「いいえ。彼女は、過去の体験を鼻にかけたり、いばったりなんかしません。彼女はとても演説がうまいです。あの人の話を聞いていると、何かしなくてはいられない気持になります。昨日は戦争の話だから遠慮していたと思いますけど、ぼくは前に、フュイさんの話を聞いて、体が震えました。ほんとうに体ががたがた震えたんです。ぼくも何かしなければならない、人の幸せのために何かしなければならない、と思いました」

十五分ほどでフェリーを降りた。そこからは車で南下した。そこはまぎれもなくメコンデルタであり、世界有数の穀倉地帯であった。見渡すかぎりの緑の田圃である。ところどころに椰子の林が見える。

道は赤土の剥きだしたでこぼこ道で、車は埃を巻き上げて走った。この国では、車は一分おきに警笛を鳴らしながら走る。ここではたまにすれちがう自転車よりほかに人はいないのに、それでもピープルズコミッティの車は警笛を鳴らして走った。プォーン、プォーン、プォ、ブォーン。まるで、車だ、車だ、車が来たぞ、と叫んでいるみたいだった。

道の端には、どこも幅二メートルほどの運河が掘られていた。農業用水ではなく、生活排水も混じったどす黒いよどんだ水だった。

運河の向こう側に、前庭のある、水椰子の葉で葺いた民家が何戸か並んでいる。こちらから向こうへ渡るために、太い丸太が一本、渡されている。はじめ、この丸太が何を意味するのか、私にはわからなかった。高田医師から橋だと聞かされて驚いた。

「あんな丸木の一本橋を、子どもでもぴょんぴょん渡っていくんですよ。われわれは渡れないので、みんながふしぎがるんです。この一本橋のために、去年の診療班は苦労したんです。向こうに患者がいるのに、渡れないいんですからね」

高田医師がいう。

「ベトナムでは、お米が一年に二度とれるのですね」

私はヤンさんにいった。

「はい、いまごろと、それから十二月です」

四か月で収穫になる。それなら三期作も可能なのだが、

「でも、土地を休ませなくてはなりません。収穫ばかりしていると、地面に栄養がなくなりま

す。土地を休ませて、人間も休みます」
「今年は収穫がいいそうですね」
「はい、今年はお米の生産が世界第二位になりました。それまでは田圃は公社のものだったので、みんな同じように公社からお金をもらいます。まじめにたくさん働いても、休んでもお金は同じです。それなら、ばかばかしいと思ってみんな働きません。それで、頭のいい人、いいこと考えました。田圃を個人に分けて、収穫が上がれば、ある一定のもの以上は自分のものにしていいことにしました。そしたらみんな一生懸命働いて、お米の生産、ふえました。果物もおいしいのがたくさんできました。そしたら、困ったこと、おきました。たくさんとれたら、お米の値段、下がりました」

タンフーの診療所に行くと、湧きでるように見物の住民が集まってきた。子どももおとなもだった。

診療所には、医療器具はほとんどなく、診察台と聴診器と、薬品棚にほんの少し、消毒薬程度の薬があるきりだった。周囲は椰子林で、雨が降ると道から水が診療所内へ流れこむので困っているのだ、と職員はいった。前庭には、たちまち蚊が発生しそうな水溜りがいくつかあった。

私たちの一行は、全員、腰に携帯用の蚊取り線香をつけていて、そこからうっすらと煙を立てていた。ベンチェはマラリアの発生率が高く、日本を発つ前の情報では、今年六月までに、二百人のマラリア患者と百五十人のデング熱患者が発生しているとのことだった。例年と比べて多い数字ではなく、例年並みということだ。

私は蚊取り線香のほかに、超音波蚊取り器も用意した。人間には聞こえないが、蚊が嫌がる周波数の音を出すというものである。身につけていれば、蚊が近づかないということだが、何しろ私には何も聞こえないのだから、効果があるものやらないものやらわからない。こちらに来てみると、出発前に脅されていたほど蚊はいなかったが、それでも私たちは腰に蚊取り線香をくっつけて煙を出しながら歩いた。集まってきた人たちはふしぎそうにそれを見るのだった。

「ホワット・イズ・イット?」
十二、三歳くらいの顔立ちのしっかりした少年が、私の脇にそっと近づいてきて尋ねた。英語を習っている年齢らしい。
「ガード・フォー・モスキートー」

通じなかったので、私はモスキートーキラーといいながら、ノートにおそろしく下手な蚊の絵を描いた。少年はうなずいた。

「ホワット・ドゥユーコール・イン・ベトナム?」

「ムオイ」

なるほど、蚊はムオイというのか。私は、宿舎で借りてきた水椰子の葉で編んだ三角笠を指して聞いた。

「ホワット?」
「レイカ」
「レイカ」
子どもたちは、私のノートに争ってベトナム語を書いた。

日本の医師団が来ているという知らせが家々をめぐったのだろう。診療所には色の白い華奢な十二、三歳の男の子が、ほっそりしてお下げ髪の、まだ女学生のようにさえ見える若い母親に連れられてきていた。

このごろ、よくころぶようになったと彼女はいった。立っていることができなくてすぐ何かにもたれている、という。男の子はものをいわなかったが、好奇心が旺盛で、澄んだ目で医師団の一人ひとりを順番に見ていた。

「筋ジストロフィーではないでしょうか」

理学療法士が診察台に腰かけ、少年を横抱きにして、半ズボンから伸びている華奢なふくらはぎをゆっくりとマッサージしながらつぶやいた。

深刻な病名があまりに早くつぶやかれたので、私は反発を覚えた。軽く口にする病名ではなかった。筋ジストロフィーは、先天的に筋肉細胞に未成熟部分があるため、筋力が全身にわたって衰えていく進行性の病気である。

日本で、私は筋ジストロフィー専門の病院を取材したことがあった。病院の廊下が養護学校につづいており、入院している子どもたちが学んでいた。

筋ジストロフィーの中学生のクラスがあった。全員が車椅子だった。少年のひとりがありとあらゆるものに怒っていた。少年が書いた作文を教師が褒め、みんなの前で読みあげたといって怒った。彼は教師の手から作文を取りかえすと、目の前で引きちぎってばらまいた。教師が教科書の音読をしはじめると、嘘つき！　嘘つき！　みんな嘘だ！　と激しくわめきつづけた。

「彼、一か月前まで歩けていたんですよ。でも、筋力が衰えて車椅子になったんです。いままで歩けていた子が車椅子になると、きまってこういう状態になるんです」

教師がいった。努力すれば回復するかもしれない、そうした希望が、もともとなかったことを彼はそのとき、自分の体で知ったのだ。そしてこれからも、彼の努力は報われず、誰かがどこかで決めた法則どおり、少しずつ死に蝕まれていく。嘘だ、嘘だ。彼は精いっぱい叫び、さらに叫びたいにちがいない。叫んでもどうにもならないからさらに叫ぶ。病院のベッドで順番に衰えていく友人の一人ひとりを、彼はよく知っている。それらすべてを、彼は拒否したいのだ。

診療所に来た少年の診断に、高田医師があたった。高田医師は少年に、ベッドに仰向きに寝るようにいい、それから立ちあがるようにいった。ヤンさんが少年の顔の上にかがみこんで、小声で通訳した。少年はくるりと寝返りを打って右脇を下にし、右腕をつき、左手をついて、蛙のような四つん這いになった。それから両手を自分の足に這わせながらそろそろと立ちあがった。

それを見て、私は冷水を浴びせられたようになった。実際には私は初めて見るのであったが、それは医学関係の初歩本にさえ写真入りで出ている登攀立ちというものだった。やはり筋ジストロフィーなのだ。

立つこと、歩くことのためには、腰の筋肉をもっともよく使う。腰から太腿にかけて筋肉細胞が密集している。その筋力が落ちているので、自分の体をよじ登るように立つのである。

ベッドに立ちあがると、少年は私たちの誰よりも高い位置からすべての光景を眺めることになった。それが意外でもあり、得意でもあったらしく、少年は初めて、白く透きとおったそのあどけない顔に微笑を浮かべた。

この子はこの先どうなるのだろう。母親はどうするのだろう。

「医者から何かいわれていますか」

高田医師がいった。母親は首を振った。

「病院にはかかっていますか」

「病院には行きましたが、何もしてくれません」

それらの会話を、ベッドの上の少年は澄んだ目で見つめていた。

筋ジストロフィーの進行を少しでも遅らせるために、いくつかの提案がされた。少年はなるべく前かがみになってはいけない。理学療法士は、体を起こして食事をするように、そして腹筋を鍛えるために特別な椅子を作るべきだと教えた。そのすべてをヤンさんが翻訳した。玩具で遊ぶ運動もよい。日本から土産として持ってきた玩具のうち、少年が選んだのは、ビニール製の安っぽい金魚釣りゲームだった。私は少年が遊ぶのを手伝った。この少年に、どういう運命が待ちかまえているのかと思うと、私は自分のことのように悲しく、胸がしめつけられた。

「佐野さん、こちらの部屋で、高田先生がお呼びですよ」

少年と遊んでいると、仲間の一人が呼びに来て、私は隣室に行った。そこでは高田医師がヤンさんを傍らに、すでに別の患者の診療にかかっていた。

「点頭てんかんの子です」

高田医師がいった。生まれて半年の赤ん坊であった。赤ん坊は祖母に抱かれていた。祖母は小麦色の肌をした大柄な女性であった。チュ・ニャ・ディンという、インドネシア独立運動に貢献した女性の映画を見たことがあったが、祖母は、そのときの主演女優に似て、浅黒く彫りの深い意志的な顔をしていた。

色白の赤ん坊はぷっくりした丸顔で、その大きい目は斜視だった。片方は右上の天井をにらみ、片方の視線はとりとめなく宙に浮いていた。

「痙攣は一日何回くらいありますか」

高田医師が聞いていた。

「四十回くらい」

「薬は飲んでいますか」

「病院で薬をもらいました。飲んでいます。でも、少しも効きません」

日本では、てんかんの治癒率は高くなっている。抗てんかん剤が四十種くらいあって、それをいろいろ調合して患者に合う薬を見つけだす。しかし、点頭てんかんは難治性のてんかんだった。この種のてんかんでは知能も遅れていく。

「ベトナムには、いま、四種類の薬しかありません。四種の薬の組み合わせで治るてんかんは、よほどの幸運です」

高田医師がいった。ヤンさんが頬を紅潮させて翻訳した。

「この赤ちゃんのことは、あとでまたゆっくり相談しましょう」

高田医師は次の受診者の診療にかからなければならなかった。気がつくと、私はまた一団から取り残されて、赤ん坊の足元にしゃがみこんでいた。

私はしばらくぼんやりしていたらしい。赤ん坊の祖母が私の肩をつつき、見よというふうに赤ん坊を指さした。赤ん坊が祖母の腕の中で痙攣をしていた。右足を腿のほうへ引きつける。たえまなく引きつける。首が意思に反して小刻みに右を向く。右へ右へ右へ。足が引きつる。赤ん坊はかわいそうな泣き声をあげた。アー、アー、アー、赤ん坊は悲鳴をあげながら痙攣した。

祖母は赤ん坊に頬ずりした。その目にみるみる涙があふれた。何もしてやることのできない祖母は、涙をこぼしながら赤ん坊の頬に口づけをした。もし神というものがあるなら、この赤ん坊は神を呪うだろう。神を許しはしないはずだ。生まれてまだ何もできない無抵抗なときから、このような重荷を背負わせられた。私は赤ん坊の引きつる足を撫でさすった。それしかできなかった。

「この子の父親は、この子が生まれる前、家を出ていきました。私たちはどうしたらいいのか」

赤ん坊の足元にうずくまっている私に、近所の主婦らしい女性が寄ってきて、祖母の話していることをベトナム語を英訳した。ふわりふわりと柔らかく漂うような、ベトナム的英語発音だった。私はともすれば空気に紛れこもうとすることばを拾いあつめながら、そう理解した。


午後からは家庭訪問だった。道路脇の家では、あひるが飼われていた。母親と十五歳と十二歳になる姉妹がいた。末っ子で長男の十歳の少年が脳性麻痺だった。ベッドで寝たきりだったが、白くかわいい顔をしていた。

「誰かがそばにいないと寂しがって泣きます。そのため、上の子が学校をやめて、この子の面倒を見ることにしました」

母親がいった。

寝返りも打てない子どものベッドの上には、天井から風ぐるまや赤や紫のとりどりの切り紙細工がぶら下がっていた。それが家族たちの、障害をもつ子へのあたたかさを示していた。風が吹けば風ぐるまがまわる。そんなとき、ベッドの上の少年は、仰向けのまま、きっと声を立てて笑うにちがいない。それを見て家族たちはいっとき幸せな思いを味わうのだろう。

女きょうだいのいる家は、貧しくてもどこかに温かい雰囲気があった。ひと間だけの屋内は家具で仕切られ、日本の粗大ごみを持ちこんできたような取っ手のとれた洋服箪笥には新しく取っ手がつけられ、側板には雑誌のグラビアから切りとったらしいアイドル歌手の写真が貼られていた。甘い、夢見るような少年歌手である。

その家を出て、椰子の木のあいだのどぶ川沿いの小道を行った。椰子林はどんどん深くなった。そこここにどぶ川が掘られ、水が溜まっていた。そのなかのいくつかは、ベトナム戦争のとき、米軍が落とした爆弾の跡である。熱暑にもかかわらず、椰子林のなかは涼しかった。林の小道は、先ほど降ったスコールで粘土状になっていた。

突然、目の前に五、六軒の集落が現れた。どの家でも、あひるが放し飼いにされていた。私たちのめざす家では、痩せて肩甲骨が浮きでたぶちの犬が二匹、吠えもせず、湿った椰子の根元をうろついていた。

その暗い家に入ったとき、私は目を疑った。金糸で縁どられた、きらびやかな仏教画の掛け軸が、いきなり目に飛びこんできたからだ。それは天井から下がっていて、その前に磨きぬかれた丈高い机卓があり、金箔の線香立ても置かれていた。薄暗い部屋の木製のベッドに三人の足萎えの子がいるのに気づいたのは、豪華な仏壇と掛け軸に目を奪われてのちのことだった。

この家では二人の娘と息子が病気になっていた。何らかの家族性の病気であった。彼らは私たちの来訪に合わせてのことだろう、派手めな服を着せられ、ベッドにぺたんと尻をつけて座っていた。知能も後退しているようで、ときどき私たちを上目使いに見ては、恥ずかしそうに唇をゆがめて笑った。だが、声は出なかった。

「はじめ、次女が発病しました。小学校三年のときでした。つま先で歩くようになりました。歩き方がおかしいと学校でいじめられるので、学校へ行かなくなりました。二、三年後に長女が発病しました。そのあと一年後に、長男が発病しました。つま先でひょこひょこ歩くので、ふざけるのはやめろ、と叱りました。ふざけているのではなかったのです。まもなく歩けなくなりました」

つぶやくようにいう父親のことばをヤンさんが通訳した。長女が三十三歳、次女が三十歳、長男は二十三歳であった。

「子どもは三人だけですか」

高田医師が聞いた。

「三女がいます。結婚してここから少し離れたところに住んでいます。家がたいへんなので、暇をみてときどき手伝いに来ます」

「その人は病気ではないんですね」

「病気ではありません。結婚しています」

戸板を取りつけた押し開き式の窓がいっぱいに明けられ、外の景色が絵葉書のように四角く切りとられて見えた。椰子の緑が迫り、外は家の中よりはるかに美しかった。

仏壇だけが華美な、貧しい家だった。柱は細い間伐材で、屋根と壁は水椰子の葉である。押さえに竹を裂いたものが使われていた。床は庭より七センチほど高くして、土を突き固めてあった。

このあたりの家はどれも似たり寄ったりとはいえ、それでもこれは最下層の家といってよかった。熱帯だからいいようなものの、弥生式住居とたいして変わらない。そのうえ、この家には、備蓄食糧というものが何ひとつない。

高田医師が診察しているあいだ、私は外に出て、裏にまわった。そこにも食糧はなく、小さなかまどと乾いた鍋が一つ、それに雨水を受ける水がめがあるきりだった。

すぐ近くで川音がした。音の方角に小道があり、私はそれをたどった。ものの七、八メートルも行くと、木立は切れ、目の前に赤茶けた、水量の多い川があった。川幅は四、五メートルもあろうか。川面に向かって、組んだ丸太が二本突きだされている。突きだされた部分は、一メートルか一・五メートルで、先端に水椰子の葉で囲った鳥の巣のようなものがついている。

雛でもいるのだろうか。近づいてよく見ると、それは鳥の巣ではなくて、話に聞いた水上便所だった。便所に入ると、ちょうどしゃがんだ腰のあたりまで椰子の葉が隠すことになる。

岸辺に立って左右を見ると、同じようにいくつも丸太が突きだしている。それがその家の便所なのである。水の中には鯉などの魚がいて、人の足音がすると、争って下に集まってくるという。

丸木を渡ってみたいと思いながら、一歩も踏みだすことができず、私はもとの道を戻ってきた。

戸口を入ると、

「痙攣はありますか」

高田医師が聞いていた。

「はい、あります」

「一日に何回くらい？」

「二日に一度くらいです」

「痙攣のときはどんな状態になりますか」

「怒ります。怒って物を投げます」

「それは痙攣ではありません。ヤンさん、痙攣を訳してください」

ヤンさんは父親に、痙攣の意味を伝えようと額に汗を浮かべて通訳した。しまいにヤンさんは体を硬直させ、それを小刻みにふるわせてジェスチュアをやって見せたが、父親には伝わらなかった。

「外へ連れて行け、といって怒ります。だから、私が背負って外へ行きます。私がいないときは、這って外へ行きます」

「いま、どんなことをしてもらいたいですか」

「私か妻か、どちらか家にいなければなりません。そのために仕事が遅れます。いまは妻が食事や便所の世話をしています。ひとりで便所に行けるようになるとよいと思います」

三人の子どもたちは無邪気に唇に笑みを浮かべていた。

長女が三十三歳なのだから、父親はどんなに若くても五十を過ぎていよう。

便所といわれて、私の頭にすぐ先ほどの赤黒い川が思い浮かんだ。あそこに落ちたら、ひとたまりもない。苦しむ時間も少ない。父親が、背負った重荷から誰にもとがめられずに解放されるのはたしかである。

だが、父親はそんなことを一度も考えなかった。考えなかったことは、いま、ここにこうしていることが何よりの証拠であった。夫婦そろって、もし、一度でもそれを考えたなら、暗い椰子林の夜、実行する機会は無限にあったはずだ。

この旅行に参加して以来、私は誰の口からも障害児を手にかけた、という話を聞いたことがない。

「ひとりで便所に行けるようになるとよいと思います」

父親はそう答えた。子どもたちを預ける施設がほしいともいわず、病院に入れてもらいたい、ともいわなかった。ましてや抹殺する思想など小指の先ほどもなかった。

帰国の朝、私はひとりで市場へ行った。市場は宿舎からすぐ近くのベンチェ川のほとりにあった。市場へ行くためには信号のない大通りを突っ切らなければならなかった。ホーチミン市内ほどの交通量ではないにしろ、自転車の行き交う通りを横断するのはかなりの決意がいる。ベトナムでは車も自転車も日本とは反対で、右側通行である。日本の感覚に慣れきっている私は、つい車の進行してくる方向をまちがうのだ。

省庁前の大通りくらいには横断歩道をつけてほしい、信号もつけてほしい、そういうものがないから事故が絶えないのだ、と思った私は、足萎えの三人の子どもたちに会った数日前のことを思いだした。あのとき、私はヤンさんにいった。

「ああいう家族がいるのに、政府は何もしないのですか。人民委員会はああいう家族がいることを知らないのですか。マイさんは知っているはずですよね」

「わかっているけど、できないのです。対米戦争が終わったばかりでお金がないのです。だけど、税金はタダにしています。それから部落の人に、あの家の仕事を手伝いに行くように頼んでいます。町から若者がボランティアに来るときは、先にあの家に配属します。だけどああいう家、あちこちあるんです。このあいだまであの大きな国のアメリカと戦ったから、お金ないのです」

そうなのだ。信号機をつける予算がないのだ。自転車の三人乗り、四人乗りが危険とわかっていても、それが人々にとって必要である以上、とりしまることができないのだ。

まっ白なアオザイの若い女性が、アオザイの裾をひょいとつまんでその手でハンドルを握り、片方の裾は風にひらめかせて自転車で走っていく。十歳くらいの少年が、米袋を担いで、はだしで市場に向かって歩いていく。学校は夏休みなのだ。

男たちの汗じみたシャツに比べ、若い女性は優雅でおしゃれだった。地上からの視線でそれらの風景を眺めると、ベトナムでシクロが、前に荷を積んで走る理由がわかるように思えた。前に荷を積むと、自分の体重を押す力に加えることができる。

市場に入ると、川岸の橋のたもとでは、あひるを売っていた。あひるは両足を縛られ、一列に並んでくたびれたようにうずくまっていた。くたびれはてていながら、ゴワゴワと騒がしく鳴いた。あひるを売っているのは、まだ小学生らしい女の子だった。私を見上げて、恥ずかしそうに顔を赤らめた。

市場には、魚があり、肉があり、丸ごとの生きた豚があり、果物やタバコ、コーヒーがあり、日常生活に必要なあらゆるものがあった。蛙も売られていた。蛙は五匹ずつムカデ競走でもするように数珠繋ぎにされていた。

昨夜は田にいた蛙であろう。前の蛙の背に、後ろの蛙の腹がくっついてあえいでいた。売り手の主婦が、一匹ずつすばやく皮をむいた。まず、口のところを鋏で押し切るのだ。切り口に指を入れて背中側を細い足の先まで、ひと息に剝く。さらに腹のほうを剝く。

皮が剝けると同時に、蛙は縛られていた紐から自由になる。自分の皮を縄目に残した裸の蛙が、そばのたらいに次々と投げ入れられる。ピンク色の蛙はたらいのなかでぴくぴく動き、あるものは裸のまま飛び跳ねた。

細い脚部に、むだのない筋肉がついていた。蛙があれほど跳躍できるのは、こんなに美しい筋肉がついているからだ。絶命した蛙も、跳躍の姿勢で何かに向かって跳ぼうとしていた。

市場は喧騒を極めていた。朝の太陽が川岸の市場にかっと照りつけていた。

メコンの蛍

ベランダに出ると、熱帯の大気が熱いカーテンになって、目の前に立ちはだかった。空気が燃え、火炎樹の大木の中で蝉が鳴きたてている。一種類だけではない。数種の声が鳴きかわして、耳に騒音の蓋をされたようだ。体液が膨張して外気と肌との境界があいまいになる。

ぎらぎらした太陽の輝きと、緑濃い街路樹と、大通りの灰色のアスファルト。私たちが泊まったホテルの横には工事現場があって、乾いた赤土の小山に、旧式のショベルカーが頭をつっこんだまま残されている。そのお尻のあたりから陽炎が立ちのぼっている。

美和はまだ帰ってこない。片ことの英語で意思疎通しながら、キアと一緒に、川沿いの市場で布地を選んでいるのだろう。市場には生鮮食品から日用品、高級服地まで何でもあった。布地を選んだら、その足で路地裏の縫製店に寄る、と美和はいっていた。美和はキアに一着、自分にも一着、アオザイを作るつもりなのだ。アオザイは二日でできるから、きょう注文すれば明日は仮縫い、あさってには仕あがって、帰国に間に合うという計算だった。私は、美和とキアとのいかにも母娘らしい感情のゆきかいを邪魔したくなかった。そのために、ひと足先にホテルに戻ってきたのだった。

年齢は重ねても繊細さを感じさせる加川美和に、アオザイは似合うだろう。長い衣という意味のアオザイは、女性の体の曲線を美しく見せるための衣装だそうだ。私にとってのアオザイは、豆腐をむりやり型に嵌めるようなもので窮屈だった。

美和はレ・ティ・キアにすっかり肩入れしていた。私もキアに好感を持った。十八歳にしては子どもっぽくて、表情が暗かったが、広めのひたい、奥まった大きな瞳が煙ったようで、静かな思慮深さを感じさせた。表情の暗さは、左右の目と目の間隔が広いのと、丸みを帯びた鼻でやわらげられていた。

体つきが子どもっぽいのに、性格に無邪気さがないのは孤児院育ちなのでやむをえないだろう。成績優秀というだけに、キアは他の子のように屈託なくふるまえず、いつも自分の立場を敏感に感じとってしまうのだろう。

昨日、初めて会ったとき、キアは両腕を胸の前で重ねて組み、私たちの前で優雅に頭を下げた。それがこの国の習慣だとしても、どことなく手を差しのべてやりたい哀しみを感じさせた。

私と美和は、もう還暦を迎える年になってしまったが、学生時代には同じ読書会のサークルにいて、美和のほうが二つ年下だった。美和は役所に勤めていて、十年ほど前からレ・ティ・キアの里親になっていた。里親といっても、生活をともにしたり、ホームステイを引きうけるといった類のものではない。月千円の援助金を、半年ごとにまとめて送るだけである。美和はある団体がやっている、ベトナムの孤児を支援する会の呼びかけに応じたのだった。それを私は最近まで知らなかった。

「なにしろ、ベトナム戦争反対は私たちの青春だったものね」

美和はいった。戦争終結から四半世紀経ったいま、キアはもはや戦争孤児ではなかった。が、キアの両親が治療も受けられず、あいついで病死したのは、戦争の影響なしには考えられなかった。そのベトナムを支援することを、美和は自分の青春の回帰、若くして死んだ夫の遺志を継ぐものと考えていた。

「たかが千円といってもね、学費の援助にはなるらしいのよ。日本だったら、一日も暮らせないのに」

と美和はいった。

美和からの支援金が届くと、キアから礼状が来た。それは現地の組織が日本語に翻訳して送ってきたもので、平がなの多い文章だった。私はそのうちの二、三通を見せてもらったが、どれも「ニッポンのお母さん」という書きだしだった。

「日本のお母さん、学資を送ってくださってありがとうございます。私はいっしょうけんめい勉強します。こんど大学試験を受けることになりました。私はお母さんのおかげで大学へ行くことができます。将来は、学校の教師になる希望です」

文末には、お母さんの愛に感謝していますとあり、私のために忙しすぎないように、体を大事にと書いてあった。

何の変哲もない内容だったが、私のために忙しすぎないように、というところには注意を引かれた。美和も同様だったらしく、

「日本人はよほど働き蜂だと思っているのかしらね」

と私にいった。

「千円というお金の価値を、途方もない高額なものに思ってるんじゃないかしら。ニッポンのお

母さんが、働きづめに働いて、爪に火を灯すようにして送ってくれるお金だと思うのかもしれない」

キアからの手紙には、現地の風物が書かれているわけでもなく、日ごろの生活が報告されているわけでもなかった。キアの写真さえ同封されていなかった。だから美和は、自分の娘であるキアがどんな顔をしているかさえ知らなかった。私はそれを援助活動の決まりとして適切だと思った。学費を送るくらいで親子にはなれまい。援助を受ける子どもたちが、日本の里親に、必要以上の心の負担を感じるのは避けなければならないのだ。

「でも、子どもに会いに行くことはできるのよ。大いに会いに行ってやってくださいって」

と美和はいった。私はそれにも同意した。

「そうよね。会いに行くことも禁じたら、ひょっとして、レ・ティ・キアなんて架空の少女だったりなんかしてね」

私の冗談に美和は、そんなこともないでしょう、と苦笑した。

会いに行くときは、通訳も宿も紹介してくれる。美和は、定年になったらキアに会いに行くつもりだと楽しみにしていた。定年を待たなくてもいいじゃないの、とけしかけた私に、仕事から解放されないとなんだか責任感に後ろ髪を引かれて自由な気分になれないの、と美和はいった。

その定年を目の前にして、美和はベトナムに行くことになった。夫の死後、女手ひとつで一人息子を育てあげた美和は、息子が結婚して家庭を持ったとき、自由な気分になれたようだった。

美和は同行者として私を誘った。結婚もせず、育てる子も持たずに働きとおしてきた私は身軽なひとり身で、むろん最初から同行するつもりだった。だが、キアへの関心を美和が独占している以上、私の興味は別の方面に向かわなければならなかった。そしてそれは、キアの住むメコンデルタに向いていった。

メコンデルタは南ベトナム解放戦線発祥の地である。アメリカの介入とサイゴン政権に抗議して、メコンデルタ一帯の農村が蜂起し、またたくまに解放区が広がっていったのは、日本でいえば六〇年安保闘争の年だった。そのころ、私たちはベトナムで何がおきているかほとんど知らなかった。ジャーナリストでさえ知らなかったのではなかろうか。黒シャツ、黒ズボンの解放戦線の農民たちは最初、ベトコンという奇妙な名で呼ばれていた。

「南部でまたもベトコン」「ベトコンゲリラ出没」などと、顔まで黒く塗った恐ろしげな写真とともに新聞の一面に出たが、彼らが何を要求しているのか、何のために出没するのかさっぱりわからなかった。

なぜ突如として現れてジャングルに消えるのか。ベトコンという呼び名すらが気味悪かった。あとから思えば、アメリカ軍が使っている呼称をそのまま使ったのだろう。ベトコンを日本式にいうと、ベトナム共産党、ベト共となる。中国共産党を中共、日本共産党を日共という当時の略し方と同じである。

日本の新聞が、南ベトナム解放戦線と呼称が改まったのは、あちこちから抗議の声もあって、蜂起しているのが共産党だけではなく、国民のあらゆる層をまきこんでいると知ったことによるだろう。

そんな歴史を持つメコンデルタは、米軍の精鋭部隊がデルタの泥濘とゲリラと農民の結束に手を焼き、核兵器を除いてありとあらゆる爆撃をした土地である。


ホーチミン市の空港は、タンソンニャット空港である。その空港から、百キロ近く南下するデルタの中のこの町へ来て、美和は饒舌になっていた。そうして私からみればどうにも失策と思うことまで喋りはじめた。キアと会ったあと、孤児施設の園長、ヴィン氏と会食したときのことだった。美和は屈託のない笑顔で話しはじめた。

「ベトナム人はすばらしい。超大国アメリカと戦って勝ったのですから。お米と魚しか獲れない小さな国が化学兵器の粋を集めたアメリカに勝つなんて奇蹟としかいいようがありません」

若い通訳のトォイが訳す一語一語を、浅黒くて痩身のヴィン氏は、小さくうなずきながら聞いていた。

「ありがとうございます」

聞きおわるとヴィン氏はいった。ヴィン氏も解放戦線の闘士であった。聞けば私と同じ一九四〇年生まれだった。闘士といっても、武装闘争の隊長ではない。彼は文化工作隊の隊長で、解放区の村々はもちろん、前線の部隊にも、地雷原で囲まれた戦略村の中にさえもぐりこんで公演をしてきた。

ヴィン氏が指揮をとる歌や踊りや寸劇は、政治的な宣伝活動の役割を果たした。圧政に抗議して立ちあがるように呼びかけただけでなく、文化に飢えた人々の心の慰安、励ましになった。

「歌の声は大砲の音よりも大きい」というのが文工隊のスローガンだとヴィン氏はいった。そしてそれをいまも信じているといった。

美和はつづけた。

「私たちもいっしょうけんめい支援しました。私が夫と出会ったのは、ベトナム戦争反対のデモの中でした。私たちは同じ思想で結ばれたのです」

「そうですか。それはおめでとうございます」

通訳のトォイは二人のやりとりを忠実に訳した。

私は美和が昔話をはじめるのを、はらはらしながら眺めていた。私たちはかつて解放戦線の支援をしたが、身を危険にさらしたわけではなかった。安全な立場から支援したに過ぎなかった。支援はむしろ私たちの成長の糧であった。

「私たちも毎月カンパをしました。月に十円、当時の私たちにとってこれは決して少額ではありません。日本もまだとても貧しかったのです」

「ありがとうございます」

私は美和に目配せして会話をやめさせようとした。が、美和は気づかず、ヴィン氏のほうが先に気づいてしまいそうだった。

なぜわれわれ日本人は相手と同類になりたがるのだろう。命を賭して戦い、みじめに死んでいった者と、安全な土地にいて、賃金の何百分の一かをカンパした者との違いは明らかではないか。その十円より、大きい見返りを日本人は受けたのではなかったか。

日本では、ベトナム戦争特需は声高に非難されることはない。ベトナム戦争で経済復興したのは韓国である。韓国はアメリカの要請に応じて軍隊まで送りこんだので、いま、ベトナム国内では韓国人というと毛嫌いされている。

日本では、ベトナム戦争特需は特筆されることはない。しかし、その前に、韓国での戦争、朝鮮戦争で大いにうるおった。ベトナム戦争の特需は、日本にとっては、高度経済成長の仕上げであった。

経済界は、ジャングルシューズからトラック、食糧、衣料、医薬品など、多くの物資を米軍に納入し、板付、横田、立川と、米軍基地は思うがままに使わせ、爆撃機は大量の爆弾を積んで、沖縄からベトナムへ向けて発進した。いま、私たち日本人がベトナム人から友好的に迎えられているのは、十円カンパもそうだけれども、平和憲法順守の国民の声のもとで、せめて自衛隊を送らなかったおかげである。

ヴィン氏は通訳を介して伝えられる美和のことばにうなずき返していたが、そのうちに小鼻をこすってみたり、その太い右手の指で唇をマッサージしたりしはじめた。

私は口の中が渇き、胸が緊張で熱くなった。なぜ美和はこのことに気づかないのだろう。私は美和の善意を信じていた。私は喋らず、喋る美和とヴィン氏の右手の動作だけを眺めていた。若い私が生きた時代が、次々と甦ってきた。それらは記憶の底で古ぼけた写真となり、そのときまでじつは私も、美和と同じように自分のやってきたこと、ベトナム戦争の凄惨さしか思いだしていなかった。いま、日本はあのときよりずっと後退している。誇れるような国ではない。

私は小鼻をこすりつづけるヴィン氏の右手を見つめつづけた。

傾いてなお陽射しの衰えぬ太陽が金色の光を放っていた。いまは二月で、日本は真冬である。美和と私は日本の冷蔵庫の中からやってきて、熱風庫の中にいる。飛行機でわずか五時間飛んだだけで、太陽光線がこれほど近くなるとは予想していなかった。このデルタの平原に輝く金色の太陽は、同時に日本をも照らしているだろう。寒々しくスモッグに遮られて。

アオザイを作りに行った美和の帰りを待つ間、私は昼前に見た戦争博物館をもう一度見ておこうと思った。

私は室内に戻り、帽子を持ってロビーへ下りていった。ロビーには通訳のトォイがいた。トォイはチークの椅子に腰をおろしてヴィン氏と向き合い、コーヒーを飲んでいた。浅黒く、深い皺の刻まれたヴィン氏と並ぶと、トォイの肌の若さがいっそうめだった。トォイは、今年三十二歳になっている。彼は下りていく私にすぐに気がついて、

「おでかけですか」

と腰を浮かせた。私は、

「美和と一緒ではなかったのですか」

と、トォイに聞いた。

「まだ市場にいますよ。女性の買い物はどの国でも時間がかかるものです」

トォイはつづけて私にいった。

「今夜は蛍を見に行きましょう。メコンの蛍も見ていってください」

「蛍？　こんな季節にですか」

「メコンデルタに四季はありません。蛍は一年中います。でも、テトのころの蛍がいちばんいいのです」

テトとはベトナムの旧正月のことで、二月のはじめである。私が戦争博物館へ行くつもりだというと、ヴィン氏は私たちも一緒に行きましょう、その前に何か飲んで、力を出して行きましょう、と私に勧めた。私はコーヒーを注文した。コーヒーが来るのを待つ間、私はヴィン氏に、もしよかったら戦争の時代のあなたの経験を話してくださいと頼んだ。

ヴィン氏はタバコを吸っていたが、トォイの翻訳が終わると、静かにそのタバコを脇へ置いた。

「私の経験などささやかなものです。ほかにもっと苦しんだ人がたくさんいます。苦しみが深くて、いまでも再起できない人もいます」

私はうなずき、黙っていた。ヴィン氏はしばらく考えていて、やがてつづけた。

「一九五四年七月二十一日にジュネーブ協定ができて、私たちの国は、南のサイゴン政権と北のハノイ政権と、二つの政権の国になりましたよ」

トォイが小型のノートを取りだして通訳を始めた。

「ジュネーブ協定は、ベトナムの統一のために二年以内に総選挙をすること、それまではお互いに新しく武装したり、武力で解決しようとしてはいけない、という約束でした。ベトミンで戦った人たちは鉄砲を持って北へ集結していきました。共産主義者は北へ、という運動があったのです。北からも共産党政権を嫌うカトリックの人たちが南へ移住してきました。彼らはデルタの土地に理想村という名前をつけて、千人くらいが独立国みたいに暮らすということもやりました。けれども、南のサイゴン政権は、ジュネーブ協定の約束を守りませんでしたよ」

ヴィン氏の話を、トォイは訳していった。ほとんど正確に訳していると見えた。私はトォイが通訳学校の出身ではなく、ベトナムに住む日本人から日本語を習ったことを思いだした。

「サイゴン政権は、北へ行く人を全部探しだして、見つけたら殺すということをやりはじめました。そういう目的で、南政権は、軍隊や警察、公安というい ろんな組織を作りました。あなたがいま座っているここは、葉っぱの屋根の大きな刑務所でしたよ。そこで何千人も殺されました」

ヴィン氏は、殺された何千人かのうちの一人、ヴィン氏と同じ村の出身のおばあさんの話をした。彼女の夫と息子はベトミンだった。もう北に行ってしまっているのに、近くに隠れていると思われて拷問された。

「夫と子どもはどこにいるかと聞かれて、おばあさんは私の心の中にいるといいました。そうしたら、心臓を取られて殺されました。南政権は、共産党だとか共産党の同調者だとわかったら生かしてはおきません。拷問して殺します。死刑はギロチンでしますから、あちこちギロチンを運んでいって死刑に使っていました。私はそれを何度も見ました」

私はヴィン氏の話がとぎれるのを恐れたが、コーヒーが運ばれてきたので、頃あいを見て、ドリップ式の容器をはずした。

ベトナムコーヒーは濃くて苦い。そこにコンデンスミルクをたっぷり入れて舌の先で味わうと、体も心もしゃっきりして、たったいま目が覚めたように元気が湧いてくる。

「そのころが、ベトナム革命の中でいちばん暗い時期だったといえるでしょう。この時期に私は革命に参加することにしました。私は革命の思想がよくわかっていたわけではありません。共産党だとか同志だとかという意味はほとんどわからなかった。けれど、自分の家を燃やされたり、友だちが殺されたりするのを見て、近いうちに大きな戦争があると考えて、参加することに決めたのです」

ヴィン氏はそこでくぎって、トォイが訳し終わるのを待った。

「私は、革命に参加する人はみんないい人だと考えていました。壊された家を建てなおすときは手伝ったり、動員を呼びかけたりしていたので、革命に参加している人はみなやさしい人だと思っていました。もう一つ、革命に入るきっかけといえば、親戚のおばさんの影響です。おばさんの夫はベトミンで、南政権に殺されました。おばさんは、人間は奴隷になってはいけないし、他人を奴隷にしてもいけない、と私を教育しました。私はそのことばを覚えていました」

何歳だったかと私は尋ねた。

「十七歳です。そして学校の先生になったり、夜は医師の見習いにいったりして勉強しました。捕まったこともあります。でも、手を縛られて船に乗せられるとき、民兵が紐を少しゆるめてくれたので、逃げて人ごみに隠れました。三年くらいたって、一九六〇年の一月、省の共産党副委員長のリンさんから、『十五番決定』をもらいました。白い紙に書いてあるけれど、字は読めない。もらってから化学薬品に浸けると字が読めます。そこには、日付が書いてあって、その日にドンコイしましょう、と書いてありました」

ドンコイとは、共に立ちあがる、蜂起のことである。ヴィン氏は私がコーヒーを飲みおわるのを見ていたらしく、

「あとは歩きながら話しましょう」

と立ちあがった。

私はカウンターに美和への書き置きを残して表へ出た。

ホテルの前は町の中心をなす大通りで、自転車とバイクが行き交うその通りを渡ると、そこは緑の多い広い公園になっている。戦争博物館は、川べりに建つ白亜の建物で、もとはフランス領

事館である。壁は白く、窓は木組み格子のよろい戸で、緑のペンキで塗られている。

建物に導くプロムナードは、丈高い大樹がのびのびと枝をのばし、緑のトンネルになっていて、意外なほど涼しかった。ゆっくりと歩きながら、ヴィン氏は話した。

「一番最初に蜂起したのは、モカイ県のビントイ村で、一月十七日です。村にはところどころに哨所があって、政府の民兵が駐屯しています。その日はテトの前なので、三人の青年が墓参りに行くことになりました。哨所に行って、お願いがあるからと一番えらい人を呼びだしてもらいました。そして、近くの茶店で座って待っていました。その人が来ると、三人の青年は、素手で格闘して武器を奪いました。これが解放戦線の最初の武器になりました」

私たちは、戦争博物館の正面にまわって、大きな両開き扉から室内に入った。戦争博物館というより、革命博物館の名がふさわしい展示館である。

室内は昨日と同じように薄暗かった。そして、昨日と同じように無人で静まりかえっていた。目の前に、幅五十センチほどのベンチがある。しかし、これはベンチではない。人間を仰向けに縛りつけ、鼻と口から泥水や石鹸水を注ぎこむ拷問台である。どのくらい多くの人がここに縛りつけられたのか。尻と肩に当たるところが脂染みてすりへっている。

トォイを中にはさんで、ヴィン氏と私は一つの絵の前に立った。

正面の壁を占領している大きな油絵は、ドンコイの夜を描いたものである。手まえに、太鼓をかつぎ、銃を肩にした少年と少女が描かれ、奥の暗がりに松明をかかげ、戦車を押す人々の列がある。背景は夜のココナッツのジャングルである。

昨日これを見たとき、私は、少年が肩にしているものを銃と見、戦車を戦車と見た。いま、よく見ると、それは銃でもなく、戦車でもなかった。銃は水椰子の巨大な茎を銃の形に切り、紐で肩に吊るしているにすぎなかった。戦車は荷車に箱を積み上げてココナッツの葉で覆ったものである。

「夜、遠くから見ると、本物の武器や銃に見えます。十七日の夜からは、おとなも子どもも木魚や鉦を持って哨所の近くに行って叩きました。音の出るものならなんでもいいのです。水牛の角で作った笛は高い音が出ます。何にもなくて、椅子とか鍋を叩いた人もいます。男たちは、ココナッツの茎で作った銃を肩にして、森の中をうろつきました。哨所の民兵は、武器を持ったくさんの軍隊が集結していると思って不安になります。アセチレンガスを水に入れると、白い煙が出て、大きな音がします。銃の音のように聞こえます。哨所には電話がないところもありました。電話があると応援を呼べるけれども、電話がなければヘリも呼べません。そのようにして民兵を孤立させ、民兵なんかやめて村に帰ってくるように、家族を通じて勧めました。でも、サイゴン政権に忠実なすごく悪い人とか、ベトミンに関係ある人には勧めません。親戚にベトミンがいるような人には、民兵をやめないで、まだ哨所に残っていてください、そして情報があったら知らせてくださいと頼みました」

ヴィン氏は、竹を斜に伐って植えこんだ落とし穴や、蜂の攻撃、橋を燃やしたココナッツの炎の話をした。どれも二十世紀の戦争の武器ではなかった。

樹齢二十年くらいのココナッツの皮は油がのっていて、火をつけると強い火力でいつまでも燃える。それをいくつもの筏にのせ、いっせいに流して敵の進入路である橋を燃やした。ヴィン氏は、川の淀みや流れをよく知っていなければできないと話した。

「私たちの武器は幼稚なものでした。一人が裏切れば、たくさんの人が死ぬ戦いでした。私たちは、不発弾を利用して武器を造りました。不発弾はどこにあるか。農民は、敵が発射する大砲の音と炸裂する音を数えている。発射の音より炸裂する音が少なければ、そこに不発弾があります。そして、翌日そこへ行って探してきます」

絶望的なほど根気のいる抵抗である。

あのころ、地雷も、ナパーム弾も、日本の工場が造っていると噂が立った。会社側は否定したが、ナパーム弾は油脂と火薬さえあれば簡単につくれるとある労働者は証言した。バイク、ジャングルシューズ、軍用トラック、車両、航空機のエンジン、野戦照明用の発動機、NATO規格の精密機器、通信機器、土塁用の袋まで日本の会社が造った。電線、セメントも輸出が伸びた。北ベトナムの兵士に投降を呼びかける宣伝ビラも日本で印刷した。ビラには、

「あなた方の理想とするハノイ政権は経済破綻しています。ハノイ政権に希望はありません。投降すればあなたの命は保障し、あなたにお金をあげます」

と書かれていた。糾弾された会社の社長は、外国語のため何が書かれていたか知らなかったと弁解した。物資を運ぶLSTには、危険を承知で日本人が乗りこんだ。

沖縄の米軍基地から弾薬を積んだ戦略爆撃機がベトナムに向かって飛びたった。あるときは二十秒おきに発着したという。爆弾をたくさん積んだ飛行機は、下で見ていてもそれとわかったらしい。いかにも重そうに離陸する。滑走距離も長い。爆弾を腹いっぱいにつめこんだB51が、飛びたてずに基地内に墜落した。滑走路は火の海になり、隣接する住宅地に被害をおよぼした。沖縄だけではなかった。立川、岩国、横須賀、ベトナム戦争は日本の基地なしにありえなかった。

博物館から外に出たとき、ひと足先に出ていたヴィン氏は、逆光を浴びて黒い影になっていた。私たちといっしょに歩きだそうとして、ヴィン氏はわずかによろめいた。顔色も悪かった。

「疲れましたか。ごめんなさい。長く話させてしまって」

と私はいった。

ヴィン氏は首を横に振った。それから右のズボンの裾をたくしあげて見せた。脛から下の足がなかった。そこには飴色に変色した木製の義足がつけられていた。

「見張りに出たとき、地雷を踏んだんです」

ヴィン氏ははにかむように微笑した。

「切断しなければなりません。でも、麻酔が少ししかありません。執刀したのは医師ではなくて医師の助手です。麻酔はすぐなくなってしまいました。メスは敵の飛行機の機材を研いで作っていました。敵はよい材質のものを使っていたから」

私は絶句した。こんな生々しい体験を聞くのは初めてである。どんなことばも軽すぎる。だが、黙っているわけにもいかず、

「どんなに苦しかったでしょう」

ありきたりのことばをつぶやいた。

ヴィン氏は微笑して視線を遠くに投げた。

「呻き声が外へ洩れないように、口にぼろ布をつめられました。肉を切るときはまだましでした。骨を切るときは痛かった。鋸で切りました。足の骨は二本あるでしょう。一本切ってから、もう一本切らなければなりません」

鋸は特別なものらしかった。トォイは訳すのに苦労して、自分のノートに絵を描いて見せた。弦の張った山ノコのことだった。

「仲間のひとりは、近くで穴を掘っていました。私が死んだら、すぐ埋めて撤退しなくちゃなりません。私たちは一か所にとどまっていてはいけないのです。私が息をしていたので、仲間は移動しないで、その場に隠れてとどまっていました。夜になって、舟を無断で借りてきて、みんないっしょに川下へ逃げました」

ヴィン氏の話がひとくぎりつくと、トォイは、自分はサイゴンの郊外に生まれたのだが、小さかったので、戦争の怖さはあまり知らない、こんな話を聞くのは初めてだ、といった。戦争の思い出といえば、年上の子どもたちがアメリカ兵に向かって、ギブミー・チョコレートといってい

たのをかすかに思いだす、そしていまは戦争の話をする人もあまりいない、と話した。

「そうでしょう。若い人には昔話になってしまいますから」

ヴィン氏はいった。

私たちは公園わきを流れる川のほとりに出た。ヴィン氏は私たちに背を向け、川面に向かって小声で歌いはじめた。

戦争は終わった
でも、息子は帰ってこない
お母さんは待っている
息子が帰ってくるのを
樹から葉っぱが落ちる
まだまだ青い葉なのに
枝から離れて落ちてしまった
落ちた葉は二度と木に戻ることはない
葉っぱは苦い樹の葉っぱです

トォイが歌に合わせ、低い声で通訳した。

葉っぱの苦い味がお母さんの目にしみました
川が流れる
ベトナムのお母さんは
川の流れのようにいつまでも
ベトナムの心を映す鏡になるでしょう

文工隊だったヴィン氏が、戦後に作詞作曲した歌だった。歌い終わると、ヴィン氏は、「若いころは、もっときれいな声でしたよ」と微笑した。哀調を帯びたロシア民謡のような歌だった。

暗くなるのを待って、私たちはメコンの支流の一つを漁船でさかのぼった。空には無数の星がきらめいていた。平原の向こうにココナッツの森がある。森は地平線に沿って黒い一列のシルエットになっている。その上に純金色の月が輝いている。しばらくさかのぼると、水ぎわはマングローブの黒い森になった。中州があって、のぞきこむとそこにも無数の水路が縦横に延びていた。

「ドムドム」

キアが最初に見つけた。ドムドムとは蛍のことである。数メートル先の木が金色に瞬いていた。メコンの蛍は、日本の蛍のように一匹一匹がぼうっと光りながら揺曳することはない。一本の木に群がり集まって、いっせいに金色の強い光を放ち、消えるときはまるで呼吸を合わせたようにいっせいに光を消す。何を感じて点滅しているのか、どの蛍が音頭をとっているのか。川面から見上げると、空の星も森の蛍も溶けあい、どれが星でどれが蛍か区別がつかなくなる。暗闇に消え残り、光りつづけているのが星である。

船頭は水際に静かに近づき、エンジンを止めた。

キアが船端に立ちあがって手を伸ばし、マングローブにとまる蛍を一つ、美和の手にのせた。蛍は、美和の手の中で強い光を放った。

キアは、私にも手を出すようにいい、蛍を取って私の手にのせた。私は両の手のひらをくぼめてそれを受けとった。一匹の蛍が、私の手を金色に染めた。

私は長いこと蛍を自分の手に閉じこめておくことができなかった。強い生命力で輝く蛍は、死んだ人たちの魂のような気がした。私は結んだ手をそっとゆるめた。

蛍はすかさず、もといた木に向かって飛び去った。

「あ」

何か短く発声しながら、キアは蛍のゆくえを目で追った。そして視線を私にもどして、にっこりとほほ笑んだ。

ある謝罪

学生時代からの友人、橋本恭二から突然電話がかかってきたのは、冬のある日のことだった。

「いま、どこにいると思う?」

橋本は電話の奥で楽しげにいった。

「東京でしょ」

橋本は大阪に住んでいる。謎をかけてくるのにいきなり正答してはおもしろみもないが、考えるふりをするほどの若さもないと思って、私はこんな答えをしてみた。ほんとうに東京だといいのだが、と期待する思いで私の声もはずんでいた。

「あたり。どう? あした時間あるかしら。できれば会って帰りたいと思ってね」

橋本は、知人夫婦が外国へ移住するので、その送別会に来たのだという。あらかじめ連絡しておくべきだったが、行こうか行くまいか迷っていたので、と突然の電話を詫びた。

私は、翌日は元総理Hの講演会に行く予定だった。マスコミ九条の会とジャーナリスト会議が主催する講演会で、元総理のHが辺野古問題の真相を語る。月一回発行のタブロイド判の新聞の一面で、三人の女性記者が報道のあり方について語りあっているのをなにげなく読むうち、記事の最後にHの講演会の予告があるのが目にとまったのである。

私はHの講演会に行くつもりでいることを橋本にいい、

「どうですか。特に予定がなかったら、いっしょに行ってみませんか」

と誘ってみた。電話ではそれ以上の話はしなかったが、テーマは辺野古問題で、公約を果たせなかったHが当時の内情を語るのだと説明した。

橋本も行くというにちがいない。もし万一、橋本がいまさらHの話なんぞ聞いてもしかたがないというなら、私も講演会はやめて橋本につきあうつもりだった。橋本は彼の妻の奈保子ともども、私にとって学生時代からの親しい友人だった。あれから五十年がたつ。会社勤めをしていた橋本も、教師だった奈保子もとっくに定年になり、夫婦二人で暮らしている。そして私は、気楽なひとり暮らしだった。

「そうだね。いい機会だから行ってみようか。誰でも行けるの？」

予期していたとおり、彼はいった。

「そうみたいよ。入場資格なんて書いてないから」

「それはよかった。行くことにする。で、どうしよう？」

どうしようは、何時に、どこで待ちあわせるかである。

会場はプレスセンター、講演は午後一時から始まることを伝え、どこかで昼食をとってから行くことにして、待ちあわせの場所をあわただしく考えた。

プレスセンターは地下鉄の内幸町が最寄り駅で、新橋からも有楽町からも近いが、駅の改札口で待ちあわせるのでは雑踏が不安である。構内は近年改装に改装が重ねられてようすが変わっているし、たくさんある改札口のうち、何口というのを私は指定できない。ふいに私はよい案を思いついた。

「日比谷図書館のロビーはいかが？」

地下鉄の内幸町駅で下りて地上に出れば、どの出口から出ても広い交差点の四すみの角に出る。日比谷通りと国会通りが交わる四つ角で、日比谷図書館はそこから目と鼻の先にある。

地下鉄のホームには日比谷図書館方面出口の掲示があろうから、指示どおりに出ればよい。いずれにせよ、交差点の角に小さな交番があるので、聞けばすぐ指さして教えてもらえるだろう。

橋本は卒業後、名古屋にある財閥系の化学会社に勤めたが、そこにいたのはわずか二年で、大阪に配転になった。以来、定年までそこで働いたが、会議でときどき霞が関の本社に来ていたから、日比谷あたりはまるきり不案内というわけでもないだろう。

会議で来たときはひとり暮らしの私に電話をしてくれ、東京駅近くで落ちあって、新幹線の終電まで一、二時間を夕食を食べながら語りあったものだった。奥さん公認だからね、奈保子も、聡子さんにおいしいものごちそうしてあげなさい、といってくれてるから。そんなとき、橋本はそういって私の気を楽にさせた。

当時は地下鉄内幸町の駅は開通していなかったが、内幸町への最短経路なんぞは乗車駅で駅員に聞けばすぐわかるはずだ。

早めに着いたら公園を散歩しているのもよいし、ロビーで雑誌を読んでいるのもいい。日比谷公園は、冬でも緑の木々が豊かに枝を広げているし、曲線の散歩道も美しい。相手の到着を気にしないで待ち時間を消すことができる。

「確実な待ち合わせ場所だと思うのよ。図書館の地下にはレストランもあるから、そこで昼食をとってから会場へ行きましょう。プレスセンターはそのはす向かいよ」

と、私はいった。

電話を切ってから、私はもう一度予告記事を出して眺めてみた。橋本を誘うとなると、にわかに責任が出てきたように思った。


Hは、五年ほど前の総選挙で民主党が圧勝したときの最初の総理である。このときは投票日のかなり前から、自民党の敗北、民主党の躍進という予想がされていた。それまでの自民党政権があまりにも悪かったからだろう。民主党は、「国民が主人公」「コンクリートから人へ」など、まるで共産党が掲げるようなスローガンや公約を掲げた。

選挙民がこれらのスローガンやいわゆるマニフェストなるものを十分に検討して投票したとは思えない。金と権力で動き、弱者の生活をますます苦しくさせる自民党政治に嫌気がさし、政権をとれそうなよりましな党に期待を寄せたといえる。自民から民主へ保守政党どうしの政権交代は、小選挙区制の特徴を端的にあらわしたものだともいえた。

政権交代したとき、普天間飛行場をめぐる問題があった。普天間は日本に返還するが、それに代わる飛行場を辺野古につくる、という一九九六年の日米合意の遂行である。

米軍普天間基地は、宜野湾市のまん中を、巨大なドーナツの穴のように楕円形にくりぬいて占拠している。民家が隣接しているほか、小、中、高校、大学まであり、軍用機の頻繁な離発着で、住民はもちろん、子どもたちは教師の声が聞こえないほどの騒音に悩まされている。米軍機の墜落事故、米兵による婦女暴行、交通事故という危険と隣りあわせている。

日米合意には、沖縄にいる海兵隊員八千人とその家族九千人をグアムに移転するという約束もあった。移転費用やグアムに新設する庁舎や隊舎の建設費も日本持ちというのだからあきれる。

選挙のとき、Hは沖縄県民の民意が辺野古ノーであれば、辺野古に飛行場はつくらない、飛行場は、「沖縄県外、できれば国外」と約束したのだったが、その八か月後には、「さまざまな事情から考えて、新飛行場は辺野古の海につくらざるを得ない」「日米のあいだには、私の知らなかった協約がある。私の勉強不足でした」と歯切れの悪い口調で述べることになった。

「総理ともあろうものが、勉強不足だったとは何ごとか」

「やっぱりアメリカの圧力に屈したのだ」

「富裕階層に生まれたから政治の駆け引きを知らない」

こうなると国民も無責任だった。Hを叩くマスコミと自民党の尻馬に乗って、Hの無能ぶりをあざ笑った。

Hは短命内閣だった。高支持率で出発したが、わずか八か月で「沖縄や徳之島のみなさんにご迷惑をかけた、辺野古に決めざるを得なかったことで、社民党を連立政権離脱に追いこんでしまった」と責任をとるかたちで総理の座を下りた。次の選挙では立候補しなかったので、いまは議員でさえない。

Hが退陣してからかれこれ五年がたっている。そのかん、同じ政権党から総理が二度代わり、いまでは自民党内閣が復活して、いままでのぶれをとりもどそうとするかのように反対意見には耳もかさず、恐るべき速度で軍事経済大国への道をすすめている。かつてHを揶揄したマスコミも、この強権総理の前でおとなしくなっている。

Hの講演会の予告を見たとき、聞きに行こうと思ったのはなぜだったろうか。

「辺野古問題の真相を語る」というだけだったら、私は、いまさらという思いで予告を見過ごしてしまっただろう。行ってみようと思ったのは、あの日、人々の前で謝罪するHを見た、そのことが私を講演会へ向かわせたただ一つの理由だった。


半年ほど前の初夏のことである。沖縄で辺野古新基地阻止の県民集会が催された。沖縄では、辺野古新基地に反対する集会や座り込みが日常的につづいていたが、このときはとくに十万人の集結を目標にした大規模な抗議集会であった。

機会があれば沖縄に行きたい、と折りにふれ私がいっていたのを思いだしてくれたのだろう、集会参加のツアーがあるのよ、と友人の原田佳子が声をかけてくれた。平和委員会が主催するもので、集会が開かれる日曜日をはさんで二泊三日のツアーである。

「観光なんて何にもしないのよ。一日目は到着するだけ、二日目が十万人集会で、最後の日はバスに乗ってキャンプ・シュワブと高江の抗議テントに激励に行く。その足で夕方の羽田行きに乗って帰ってくる。それだけなのよ。いい？」

観光は何ひとつできないのだ、と原田はくどいほど念を押した。

「首里城は近いけど、首里城にさえ行けないのよ」

「もちろん、それでじゅうぶんよ。沖縄の見るべきところはだいたい見ているから気にしないで。こんどのツアーで観光なんて期待していないし、高江まで行けるなんてめったにないことだもの」

少し前、沖縄北部の森林地帯を舞台にしたドキュメンタリーを、私は見たことがあった。「標的の村」という映画だったと思う。

ベトナム戦争のころ、森林地帯の北部の村一帯で、米海兵隊が村民を解放戦線のゲリラに見たててゲリラ戦の訓練をした。亜熱帯の森がベトナムのジャングルに似ていたからだという。疑似標的が必要なら自国の兵士でまかなえばいいではないか。村は標的要員として毎日何人かを米軍に提供しなければならなかった。米兵の標的にされた村民は、どれほど屈辱を味わい、肉体的な苦痛を受けたか。そんな事実をベトナム戦争終結から四十年余もたって、はじめて私は知った。その村が高江である。

やんばるの森といわれ、原生林も残っているこの地域一帯は、米軍の北部訓練場である。軍用機や軍用ヘリが低空飛行し、離発着をくりかえすため、野生動物は追いこまれ、森林の沢を流れてダムに注ぎこむ水源地も汚染されている。そのうえこんどはオスプレイを配備する。

高江でもテントが張られて、村民が交替で抗議行動をしている。都市部から離れているために応援もなく、人口も少ないので抗議行動をするためには交替で農事を休まなければならない。テントを守るのも生活とのたたかいである。そういうドキュメントを見たあとだったので、高江に行けるのはありがたかった。原田にそれをいうと、

「そのかわり、お金は安いのよ。ふつうならこの値段の二倍はかかるからね」

原田はほっとしたようにこれも強調した。

参加者は二十人内外だったろうか。よく覚えていないのは、ツアーといっても、航空券とホテルだけ手配してもらって、それぞれが自由に行動する形式だったからである。全員がいっしょに行動するのは帰郷する日の、キャンプ・シュワブ、そして高江へのバスツアーだけである。

那覇空港に着いたのは集会前日の夕方だった。対馬丸記念館の案内板がホテルのはす向かいに見えたが、閉館時間が迫っていて入館はむりだった。部屋に引きとって入浴し、七、八人の女性グループで夕食をともにすることにした。みんな同年代で、六十代の後半から七十代である。

あちこち物色したあげく、けっきょく近くの居酒屋ふうの店に入って、海藻料理や煮魚、焼き魚、豚の角煮をあれこれ注文した。注文が出そろうと、原田がいった。

「明日は早く行かなきゃだめよ。いい席が取れないわよ」

「そうね。早めに行きましょう」

私が軽い気持でそう答えると、

「十一時には会場に入らないとね」

真向かいの席からもう一人が追い打ちをかけるようにいった。

開会は午後一時である。開会までに二時間もある。二時間前とはいくらなんでも早すぎる。長編映画が一本見られる時間である。集会なのだからいい席をとる必要もない。

しかし、こうした集会に慣れている原田や原田の仲間たちの前で、私がしろうと意見をいうのは気が引けた。すべていわれるとおりに行動することに決めて、私は素直にうなずいた。

「屋根のあるスタンド席に坐るのよ。そうでなきゃ、陽射しでまいっちゃうからね」

それにしても、二時間も前とはという思いがよぎったが、それも口には出さなかった。

「コンビニでお弁当とお茶をそれぞれ買っていくこと。席をちゃんと確保してから、そこでお弁当を食べるのよ」

「レストランに入ってお昼を食べようなんて思ってたらだめなんだからね。いい？　みんなわかった？」

指図が細かい。しかも断固としている。なぜ二時間か、なぜ一時間でないのか依然として腑に落ちなかったが、みんな料理に集中しており、心のなかで異議を感じているのは私だけのような気がしたから、

「わかりました」

代表して私はにこやかに答えた。段取りを決めてくれることへの感謝である。

「それにしても朝食が七時半として、十一時までにはだいぶ間があるな」

原田がそういったので、私はすかさず、小声でつぶやくようにいった。

「対馬丸の記念館くらい見ていけそうね。すぐ近くにあるようよ。ここから三百メートルとか案内板が出ていたもの」

「いいわよ。せっかくだから見ましょう。でも、三十分で見るのよ。それからタクシーで会場に行くのよ」

「OK、OK」

翌日、開館と同時に展示館に入って、三十分で見学した。原田の采配はあざやかだった。対馬丸記念館を見学しているうち、瀬長亀次郎記念の不屈館にも近いという情報を、原田はどこかから仕入れてきてそこへも行くことができた。

原田はやることなすことてきぱきしている。そのかわり頑固だという評判だが、私はさして気にならず、実害はまったくない。かえって恩恵を受けているくらいだ。他人の世話や落ちこぼれの見張りをしていると、自分が見学できないのではないかという心配は、原田の場合、ほぼ無用だと経験で私は知っている。見学している私のそばにすいと寄ってきて、二言三言ささやく感想がいつも鋭い。考えながらゆっくり見るというのではなく、得意とするのは集中力と直感というべきか。ていねいに見ている私が見落としていることを、いとも簡単に指摘するので、私は自分が恥ずかしくもあり、原田の直感力に目を開かされることがたびたびだった。

会場のスタジアムには十一時をほんのわずかまわった時刻に着くことができた。スタジアムの周辺は人、人、人である。

広く青い空のもと、モノレールやバスから降りた人々がどんどんスタジアムに吸いこまれていく。

「こっちよ。こっち」

先着した一人が確保していた席は、出入り口の階段に近い正面の内野席である。屋根が延びていて陽射しをさえぎり、なるほど最高に上等な席である。

目の前のグラウンドに目をやると、正面奥にステージがあり、背景はゆるやかな芝生の丘である。芝生のところどころに木立ちがあり、その向こうは空である。海のように青い空は遠くまで広がり、初夏の陽射しが緑を輝かせている。

原田のいったとおりだった。私たちが席についてリュックを下ろしたり弁当をとりだしたりしているわずか数刻のうちに、周辺には空席がなくなった。内野席は次々と人で埋まり、たちまち外野席に流れはじめた。目の下のグラウンドにも刻々と人が入っていく。青や赤、黄色の団体旗が立ち、またたくまにそこに集団ができる。

気がつけば、さっきまで緑を際だたせていた芝生にもいつのまにか人が入っている。

「なるほど、なるほど」

すべてが見わたせるよい席である。オープニングイベントは私たちが着いたときにはすでにはじまっており、独唱も合唱も三線演奏も居心地のよい席からよく見える。これなら二時間という時間を消すのもわけはない。

私は原田の手際に感心しながら弁当にとりかかった。コンビニで買ったにぎり飯は、熱気のせいか、あるいはあまりにゆるく握られたせいか乾燥しはじめていた。

口の中でばらばらになる米粒をもてあましているときだった。前方から小さなざわめきが伝わってきた。混雑しているのだから、ざわめきは気にするほどのものではない。しかし、私の視線は自然にそちらに向いた。

小づくりな丸顔の、ブルーのシャツを着た男が、私たちから三、四段下の通路に立っている。男の前や後ろを、座席を探す人々が窮屈そうに身を屈めたりすり抜けたりしていく。彼はそうした人たちを心もち避けたり、あるいは彼らに小突かれたりしながら、直立の姿勢をくずさない。はにかんだようなぎこちない微笑を浮かべて客席を見ているが、空席を探しているふうでもなく、人を探しているふうでもない。

私は男の表情とブルーのシャツの対照ばかりに目がいっていた。ブルーはこの集会のシンボルカラーで、私たちもブルーのブラウスやネッカチーフ、帽子など、どこかに青いものを身につけている。男のシャツは、沖縄の海のように明るく品がよく、この日のためにあつらえたかのようにきちんとしていたが、とまどうような微苦笑には、ブルーのシャツの品のよさがどうしてもちぐはぐなのだ。

どこかで見たような顔だが、思いだせない。

すると、隣席の原田が私の膝をつついた。

「Hよ。元総理のHが来ているわ」

そうだ。Hだ。小さなざわめきは、周囲の人々がその男がHだと気づいたときからおきていたのだ。

Hは、やがて胸の前で合掌すると、目の前の観客席に向かって静かに頭を下げた。さらに、左に向きを変えて同じ動作をくりかえし、右にも同じようにした。

Hは謝罪しているのだ。

「よくも、よくも来られたわね」

原田が腹立たしげにいった。

Hはもう一度三方に向いて合掌と深々とした礼をくりかえすと、通路わきの階段を上っていった。後方にHのための座席があるのだろう。

まばらな拍手がおきた。在任時のHの行為にふさわしい弱々しい拍手だった。私は怒りをあらわにした原田に遠慮しながら、ひかえめに拍手して、後方の人ごみに姿を消すHを送った。よくも来られたではなく、よくぞ来たというのが、私の心のすべてを占めていた。

Hが姿を消してから、しばらくして同じ通路に現れたのは七、八人の野党の議員団だった。彼らは全員が議場に行くような紺のスーツ姿だった。いつのまにできたのか、それともはじめからそこにあったのか少し高い台があり、彼らは一団になってそこに上がった。どよめきと盛大な拍手が彼らを包んだ。原田も私も拍手した。彼らは両手を高く上げ、満面に笑みを浮かべ、何か叫びながら会場の声援に応えた。

会場の人々との対面がすむと、彼らはHが去ったのと同じ階段を急ぎ足で駆けあがっていった。開会の時刻がきたとき、通路という通路は人であふれていた。それまで座ったままで正面ステージを見ることができた私たちも、通路に立つ人の頭にさえぎられて舞台の上半分しか見えなくなった。入口付近の混雑はなおさらで、立錐の余地なしとはこのことをいうのだろう、空間を見つけて息をするのがやっとというありさまだった。

芝生の外野席にも、もう草の緑は見えず、赤や青、黄や白の、人々の色とりどりの服の色で細かく埋めつくされていた。それらの色は、芝生を越えてもっと向こうまでつづいているようだった。

半年前のあの日、原田はHに対して拍手を拒み、私は拍手した。原田のほうが志操正しく、私が軟弱だったとは思わない。また逆に、謝罪している者を無視するとは、と原田をなじる気持もない。私たちはそれぞれに自分の気持のまま行動したのだ。平和委員会のメンバーとして沖縄に何度も行き、辺野古をはじめ基地の問題に深いかかわりと関心をもってきた原田であればこそ、とっさにそっぽを向くより仕方なかったのだろう。そして私は、メッセージなどでお茶を濁すのではなく、公衆に直接対面して頭を下げる元総理に、人間として尊いものを感じたのだ。勇気もいったことだろう。あれから五年たったのだから、当初の怒りはいまさらHに向けられないにしてもである。

翌日は曇天だったが、真冬にしては暖かかった。

十一時の待ちあわせに、私は早めに到着した。橋本も時間より早く現れた。

「迷いましたか」

と聞くと、

「ぜんぜん」

橋本は笑顔で、

「霞が関から来たんだよ。以前来ていた本社を通って、議事堂の前を歩いてみた。たいして時間はかからなかった。ぶらぶら歩いて三十分程度かな」

「どうだった?」

「国会前には誰もいなかったけど。朝だからね。装甲車が四、五台置いてあっただけ」

「装甲車は広場をガードしてるのよ、集会のとき、人を入れないように」

「前は入っていたわけでしょう?　いつからそうなったのかな」

「さあ、いつかな」

私にも覚えがなかった。

「参加者の写真を空から撮ったりするでしょう。参加者の数を多く見せたくないんでしょうね」

私はそれだけいった。

予定どおり、図書館の地下で昼食をとったとき、私は橋本に沖縄集会でのHのことを話した。橋本はうなずきながら聞いていたが、何を考えていたかわからない。私は橋本がどう考えるか聞いてみたいと思ったから話したのだが、何もいわなかったのが答えと思い、むりに聞くのはやめた。

講演の会場は、図書館のはす向かいのビルの七階ホールだった。折りたたみの椅子がホールいっぱいに並べてある。三百席くらいあるのだろう。私たちは開場とともに入場したのだったが、すでに半分ほどの席が埋まっていた。

集まった人々は、私語もなく、ざわめきもなく、受付で受けとった資料を読みながら静かに開会を待っている。前方の席に並んで席をとった私たちも、ささやきかわすことはひかえて渡された数枚のプリントに目を落とした。

開会の時刻がきたときには、通路にも後方にも補助席が出されるほどの盛況になった。

まず、主催者が壇上に立って趣旨説明をした。安倍総理の暴走について、存命の歴代首相十二氏に対してアンケートを行ったこと、Hをふくめ五氏から回答があり、Hの回答のなかに、辺野古問題に触れて、「少なくとも自分が総理であったときには、アメリカには柔軟なところがあった。柔軟でなかったのは、日本の外務省と防衛省であった」とあることに着目したこと。その話を詳しく聞きたいと講演会の試みを打診したところ、二つ返事で引き受けてくれた、とこの会の実現までのいきさつを話した。

紹介を受けて登壇したHは、きょうは濃紺のスーツと臙脂のネクタイである。淡々とした話しぶりは総理のときと同じだった。

彼は最初に、ごく最近、ジャパンタイムスのインタビューに応じたこと、印刷する前の最終原稿を見せられて確認をとられたとき、見出しが「エイリアンH、大いに語る」となっていたと話して会場を笑いに誘った。エイリアンとは、マスコミが献上したあだ名で、異星人ないし宇宙人、つまり現実離れしていて、何を考えているかわからない、といったほどの意味である。

笑いがおさまると彼はいった。

「でも、地球人より、宇宙人のほうが視野が広い」

そこでまた笑いがおこり、拍手がおきた。Hはここでの拍手を予想していただろうが、いくらか照れたようすを見せながら、

「きょうは、そのエイリアンらしい話をさせていただきます」

座をやわらげて話しはじめたHは、まず、沖縄県民と約束したことを自分の力不足で果たせなかった、このことについて沖縄の人たちに深くお詫びしたい、と謝罪のことばを述べた。

公約を破ったとき、沖縄県民から、怒、怒、怒、というおびただしい数の抗議文がHのもとに

殺到したという。

しかし、公約は選挙用の付け焼刃ではなかったこと、「常時駐留なき安保」「沖縄県民にいま以上の基地の苦しみは味わわせない」は従来からの自分の信念であること、党内で必ずしも一致していたわけではないが、自民党を離党して新党さきがけをつくったときも、民主党結党のときも信念を貫いてきたことを述べた。

二〇〇九年九月、選挙に勝って総理の任をまかされたとき、沖縄県民との公約を守ろうと実行にとりかかった。期限はその年の十二月。しかし、十二月までに解決する見込みはたたないので、翌年五月までと期限を引きのばした。「最低でも県外、できれば国外」である。

自民党からは、新しい合意形成が必要なら新政権の責任でやれと突きはなされ、外務省、防衛省の官僚は面従腹背で、Hのいうことを目の前では了承するが実行はせず、ケリー米国務長官からは修正協議に応じれば計画がふりだしにもどる、と牽制された。

ふりだしにもどるとは、普天間は返還せず、このまま使いつづけるということである。民主党内でも、Hの考えていることは極端すぎて実現性がないといわれ、総理とはいえ、現実的にも心理的にも孤立無援というような状態だった。

十二月の半ば、鹿児島県徳之島の町長と青年実業家がHを訪れてきた。徳之島には特別な産業がなく人口は高齢化、活気がないので飛行場を誘致したいという。渡りに船である。

「こちらから話したのではない、向こうからの話でした」

と、Hはいった。これを腹案として、五月までに水面下で話を煮つめていくつもりだったが、この話をメディアが知り、島民の知るところとなるや、たちまち島内あげての反対運動がおこった。

「基地はいらない」「経済振興策なんてほしくない」「長寿の島を守れ」「美しい海と島を守れ」と老人から高校生、子どもまで集まった一万五千人の大集会である。この勢いを見て、誘致の陳情に来た町長も反対派にまわってしまった。

徳之島への移転案が現地の町長からの要請であったことを除いて、およそのことは、私も日ごろの新聞を通じてほぼ知っていたし、想像できることであった。

外務省や防衛省の高級官僚が面従腹背であること、日本の外務省なのか米国の外務省なのか疑いたくなるほどアメリカ寄りであることなど、Hの発言を聞かずとも、およその見当はついた。彼らの目が日本に向いているのではなく、米国に向いていること、米国に認められることによって国際的に米国並みの大国の地位を得、世界戦略に幅を効かせたいという志向にあることも、現代叢書のようないくつかの本を読んで知ってきたことであった。

だが、Hの話が、ある極秘文書のことに及ぶと、それはその日、はじめて知るものであった。極秘という朱印が押された三枚にわたる文書が、外務省からHのところへもたらされたのが四月十九日だというから、徳之島の島民が反対集会を盛りあげていたのとほぼ同じころにある。

文書は米軍の訓練マニュアルと称するもので、そこには訓練の一体性ということが書かれていた。

米軍が軍事訓練をする場合、航空部隊と陸上部隊が一体となってやるわけだが、訓練地がキャンプからあまりに遠いと兵員輸送に時間がかかり、訓練時間が圧迫される。そのため、飛行場はキャンプから六十五マイル以内のところに設置されねばならないとある。

六十五マイル、つまり約百二十キロで、この条件を満たそうとすれば徳之島など論外である。沖縄の外に飛行場をもっていくことすらできない。

「その文書が私への決定打になり、こうなったら沖縄のなかにつくるよりほかない、当時は、それ以上の知恵がはたらかず、けっきょく辺野古案に舞いもどって沖縄県民に激怒されることになり、私は退陣をしていったわけでございます」

と、Hは述べた。

文書は極秘扱いだったために表に出すわけにいかなかったが、五年たち、昨年四月に解禁扱いになったので、出所や内容について調べはじめた。しかし、外務省の担当者に聞いてもそんな文書は知らぬといい、琉球新報に調べてもらっても米軍のマニュアルにそんなことは書かれていないという。

三枚のペーパーは、いま、外務省の正式な文書ではないということになりつつあり、公文書がどこかで勝手につくられていた可能性もある。まだ解決していないので、協力者も得て調査を継続している、とHは話した。

Ｈの話は具体的であった。政治用語や政治的ないいまわしや常套句は使わなかった。自分の体験と自分の思いだけを話した。それだけにわかりやすく、一つひとつを吟味しながら聞くことができた。

講演会が終わって、橋本と私は近くのビルの喫茶店に入った。橋本は新幹線に乗って大阪に帰る。有楽町まで歩くことも考えたが、駅の近くは映画街で、喫茶店は少ない。

冬の日差しはまだ暮れていなかった。春に向かって、日あしが少しずつ延びている。地球温暖化で、季節にふさわしい気温はあてにできなくなり、四季のうつりゆきを確実に信じることができるのは、太陽との距離だけである。資本主義競争が激しくなってから、地球はかつてなく傷つき、傷つけられてきた。あとどのくらい、地球の命はもつのだろう。政府は国際人になれというが、地球的人間になることのほうが緊急だろう。

「総理大臣といっても、一人ではたいして力がないもんなんだなあ」

コーヒーを飲みながら、橋本がしみじみといった。

「ブレーンがないとね」

「Ｈが、最低でも県外といって一生懸命やってきたのはたしかだったね。だけどそのあと代わった民主党の二人の総理がより悪かったから、民主党自身に公約を守る力がなかったと思う。しかし、最後にはずいぶん卑劣な手段が使われて息の根を止められたもんだね」

「そういう事件って、氷山の一角なんでしょうね」

と、私もいった。

「外務省の正式の文書ではない、怪文書になりつつあるといっていたけど、いったい誰が、どんな気持でつくったのか」

「かんたんに人をだませると考えて小細工するのは、日本的発想なのかな。人間として、ということばをHは何回か使ったでしょう。政治家は、人間とか人間としてとかいうことばをほとんど使わないから、めずらしいと思った」

いまの安倍政権があまりにひどいので、激しい怒りを買ったはずの自分が、沖縄の人々から温かく迎えられている、とHがいったことも私の心に残っていた。それを、Hは、「それだけこれまでつらい思いをしてきたのだと思います」と解釈して話した。県民性や風土のせいにしないところも「人間的」だった。

橋本は、

「さっきのブレーンの話だけどもね」

といってつづけた。

「こんど経団連の会長にSという男がなったでしょう。ものすごく悪いことばかりいってるんだよね」

私は経団連の会長が、Sという名か、Mというのか、はたまたTというのか関心がなかった。

経団連なら誰がなっても同じと思っていたからである。ただ、最近、その男が、安倍政権を全面的に支持するといいきるのをテレビで見たとき、異様な感じを受け、恐ろしく感じたおぼえがある。

「去年会長になってまだ一年にならないけど、ひどいことばかりいうよ。消費税増税は予定どおりやるのが必要不可欠だとか、安全が確認された原発は、すみやかに再稼動すべきである、それが国民の願いである、とかね」

それは国民の願いではなく、財界の願いであろう。福島で大事故がおき、作業員は収束に命さえかけているのだから、ふつうの人間なら、原子力の安全性に不安を覚えるのが当然である。財界は原発で儲け、事故で儲けている。

「企業の国際競争力を高めるために、雇用形態をどんどん変革しろとか、企業については、選別して特区で規制緩和を援助しろとか。ものすごいことをいってる」

「企業ファシズムだわね」

「そのSだけどね、彼、たしか民青だったと思うんだ。ぼくと同じ応用化学でね、一級下だったんだ。修士までやって東レに入ったけど」

「え?」

私は驚いて聞きかえした。

「親しかったの?」

「親しいというわけでもないけど。ぼくが四年になったときに学部に入ってきたからね。学年がちがうと親しい関係にはならないでしょう、こっちはそのころは卒業をひかえて忙しいし。だけど、彼、ぼくのところによく相談に来たりしてたんだ」

私は橋本が大学四年のころ、実験の単位が足りなくてこのままでは卒業できない、ちょっと民青活動を休ませてもらう、と深夜まで研究室にこもったことを思いだしながら聞いた。

「どんな相談?」

「忘れたけど」

「それは残念」

「忘れたというのは細かいことを忘れたということなんでね。彼、民青に誘われて、どうしたらいいだろうか、入ろうかどうしようかとぼくのところに相談に来たんだ。どんな話をしたか忘れたけど、そのあと、彼、たしか入ったと思うよ。下宿に来て、泊めてやったこともあったんだ」

もう五十年前のことだ。あのころは大学管理法案、日韓会談があり、産学協同に大学人が反対していたときだった。いまは産学軍協同になっている。Sも、何のため、誰のための研究かと悩んだのだろう。企業の利益に身を売るのか、それとも良心に従って自分らしく生きるか、である。

「彼、修士までやって、卒業してから東レの研究開発に入って、炭素繊維をやっていたよ。炭素繊維、つまりカーボン繊維。軽量で、強度、精度があって、航空機とかいろんなところにものすごく需要があって業績を上げたんだ。そのあと企画部になって、社長に見こまれてかわいがられたみたいだよ。副社長になり、社長になり、こんど経団連の会長になったというわけ」

「そして、政権のベストフレンドになったってわけね」

「そう」

「そういうパートナーがいるから、安倍総理も自信満々で直進するわけね。結論に向かってたたみかけるスピードが速い」

橋本とは対照的な人生だ。

橋本も財閥系の化学工場に入社した。入社したときは名古屋の樹脂加工の技術部だったが、彼がそこにいたのは二年足らずだった。学生時代の活動は入社時に調べあげられていたのだろう。抜き打ちのロッカー検査をやられ、橋本がオルグした仲間のロッカーから共産党の新聞が見つかったとかで大阪の営業部へ配転になった。

不当配転で提訴し、足かけ九年たたかって和解したとき、彼のもどるべき職場はすでに閉鎖されていて、彼は大阪にいつづけることを選択したのである。

九年の裁判のうち、それが名古屋で行われていたために、私は一度も傍聴に行かなかった。私は私で苦しい時代だった。

小さな出版社に入った私は、それはそれでいまでいうパワハラをされたり、書類を隠されて失点をつけられたり、退社後の行く先を尾行されたりした。人事考課制度が導入されたとき、成績が最高のA評価から最低のEの間を途中下車なしで急上昇し、急降下するのは私だけだった。けっきょく私は同期のなかでいちばん賃金が低かった。出勤するのが憂鬱な職場だったが、ここをやめたらなおさらほかに就職口はない。収入のない夫と結婚していた私は、橋本の裁判の傍聴に一度くらいは行ってやりたいと思いながら、カンパの協力もしなかった。

「もうSとは接触はないの？」

「年賀状だけは出している」

「あちらからも来るの？」

「来るよ。印刷したもので何にも書いてないけど」

「秘書が書くんでしょうね」

「こんどあのころの有志の連名で抗議文を出してやろうと思ってるんだ」

学生時代の橋本は、学生自治会も大学祭の実行委員もやったが、活動の多さにくらべてどちらかといえば地味な存在だった。自分をめだたせるような派手なふるまいはせず、よく考えて意見をいった。会社と和解したのち、大阪にいつづけることを選択したのも、九年のあいだに彼がその地の人間関係にねばりづよく根を下ろしてきたからだった。

「変わらないね」

「何が？」

「そういうところ。望みがないと思っても、抗議文出すところ」

「いうなれば一種の頑固だね。奈保子からもよくいわれる」

「ほんものの頑固に実害はないですよ。偏屈とはちがうから。頑固な人は、自分の頑固にコンプレックスをもっているから、たいてい自分の主張の半分以上を人に譲っている。もらったほうが気づかないだけなのよ」

橋本とは有楽町の駅で別れた。

別れるとき、橋本は、

「きょうのこと、あしたの新聞にどう出るかな。楽しみだね」

といった。

「出るのかな．出さないんじゃないかしら」

私はそう返した。

「出るでしょう。偽装文書を明らかにしたんだから。実物も持ってきていたんだから。出さなきゃおかしいよ」

「そうね。出たら知らせるわね」

翌日の新聞にHの記事は出なかった。念のため、私は図書館に行って他紙も点検してみたが、とりあげていたのは東京の地方紙一紙だけだった。三大新聞はこれを黙殺した。

墳墓

1

母豚の出産がはじまったのは、午後十時を過ぎていた。豚舎の近くの防風林がざわつき、少し離れた屎尿槽でエアポンプがぼこぼこと低い音を立てていた。

夜半であったが、四月末の風はすでに初夏の風だった。南国のこの地では、草も木も夜にこそ盛んな活動をつづけている。そのなかで、体一つがようやく入るだけの狭い分娩柵の中に横たわった雌豚は、腹を波打たせ、短い尾を小刻みに振りながら、七、八分おきに子豚を産み落とした。

安産だった。産道から子豚の濡れた鼻先が見えたとき、天賀英二はすかさず柔らかいタオルの先でさっと拭いてやった。するりと抜けるように濡れた小さな物体が床に落ち、ぺしゃんこになった。それは少しのあいだ床に這いつくばってもがいたが、すぐに華奢な前脚を立てて起きあがり、小さく身ぶるいしてふうと溜息をついた。

生まれてくるには最適の季節だった。もう保育箱もいらない。投光器をあててやるだけでよい。先頭の子豚はよろめきながら母豚の体温をたどって腹の下に入りこみ、小さい顎をしゃくるようにして乳房をくわえこんだ。母豚は喉の奥をぐうぐうと鳴らして乳を出す準備をしている。

つづいて一頭、またもう一頭。三頭目の子豚は短い脚をふんばって母親の脚をよじのぼり、波打つ巨大な白い腹の上をよたよたと歩き、そこで乳の匂いを感じたのだろう、母豚の前脚を伝って危なかしげに下りてきて、乳房を探した。前の一頭がそうすると、生まれたばかりの次の子豚も、引きずられて同じことをする。

豚の四肢は、牛や犬猫とちがい、前脚が短く、後ろ脚が長い。坂を上がるには都合がいいが、下るのは不得手である。

最後の子豚が出てきたのは零時を過ぎていた。投光器の明るさのなかで、そろってチャプチャブと乳を吸っている。

ぜんぶで十四頭だった。繁殖農家としては満足できる数である。

数ばかりではない。季節も生育に適した春である。繁殖農家は、真冬であろうと真夏であろうとのべつ子を産ませるが、野生の生物がすべてそうであるように、子の生育には気候がおだやかな春か秋がいちばんよい。

だが、天賀はその幸運をよろこべなかった。守らなければならないものがふえてしまった。一週間後にはまたべつの雌豚が子を産む。その一週間あとにも生まれる。どの雌豚も十二、三頭の子を産むだろう。天賀が種つけしたのだ。一週間ごとに子豚の数がふえていく。伝染病の蔓延で、豚の出荷ができないいま、収入の道はとだえている。三週間は母豚の乳にまかせればよいとしても、そのあとの餌は、成長できない子豚たちであっても調達してやらなければならない。その見通しが天賀には立たなかった。天賀は子豚たちの動きを見ながら持病の腰痛がうずくのを感じた。

天賀は今年、還暦を迎えた。養豚をはじめて三十年近くになる。その三十年のあいだにいろいろなことがあった。生まれた子豚がぜんぶ育つとはかぎらない。子豚どうしのけんかで死ぬ場合もあった。母豚に圧しつぶされたり食われたりして死ぬ子もあった。下痢や発育不良もあった。そんなことはふつうだった。むしろ自分の子を圧しつぶしても気がつかないくらい気の強い雌豚のほうが乳の出もよく、元気な子を産んだ。しかし、こんどのように口蹄疫ウイルスが蔓延し、封じこめの手立てが後手にまわって、畜産農家全体の運命がどうなるかという事態に直面するのは初めてだった。

天賀ははじめ、こんどの子豚には抜歯や去勢、尾切りなどの処置をしないでおこうと考えていた。口蹄疫のウイルスがいつこの豚舎を襲ってくるかもわからない。症状を示す豚が一頭でも出れば、それ以上の感染を防ぐために、天賀の豚舎のすべての豚、八百頭ぜんぶを処分しなければならない。処分されてしまうなら、その前の苦痛を少しでも減らしてやりたかった。

豚は猪を家畜化したものなので、生まれつき牙のような犬歯がある。抜かずにおけば、犬歯は尖って母豚の乳をつつく。子豚は生まれたときに吸いつく乳房の順位は決まってしまうが、自然交配ならまだしも、これだけ多くの子を産ませると、授乳のたびにキイキイと争うのだ。けっきょくは定位置におさまるのだからけんかなどしなければよさそうなものだが、授乳のときになると、必ずけんかになり、弱い子豚の顔は血まみれになる。母豚のほうもつつかれると痛いから授乳を拒んだりする。

密飼いしているからけんかが多い。去年の春、子豚どうしのけんかで目の下が裂けた子豚を、妻のサチ江が部屋に入れて手当てし、飼っていたことがある。県都に住む五歳になる孫もやってきて、子豚を抱いたり、追いかけまわしたりして遊んだ。子豚は愛すべきぬいぐるみのようだった。

子豚を叱ったり、ぶったりしてはいかんちゃ、絶対にぶったり蹴ったりしてはいかんよ、サチ江がしきりに注意した。豚は頭がいいちゃ、いじめると豚もいじわるになるとよ、餌も食わんごつなるよ、やさしくしてやれば、豚も賢くてやさしいいい豚になるちゃ。

しばらく考えたすえ、天賀は明日か明後日、抜歯と尻尾切りだけはしておこうと決めた。抜歯は抜くというより、ニッパーで圧しつぶすのだ。子豚は痛がってヒイヒイと声を上げる。しばらくは痛みで乳が吸えない。尻尾も短くしておかないと、けんかのときくわえられてけがのもとになる。この子豚たちが処分されると決まったわけではない。

天賀は子豚がぜんぶ娩出されたのをたしかめ、給水機が適量に水を出しているのを確認してから豚舎を出た。母豚は出産することによって胎水と血液を失い、さらに授乳で水分を失うから、大量の水を必要とする。給水機が不具合で水が飲めなかったり、水の出が悪かったりしては母豚の命にかかわる。

豚舎から出ると、モーターの音が耳についた。足もとの草むらがざわついた。湿った空気の中でアンモニアのにおいが鼻をつく。寝ぼけた豚がキイと鳴き、防風林をねぐらにする鳥が梢から落ちて羽ばたき、小枝を騒がせた。

いつもなら気にならないその羽音が天賀をぞっとさせた。ウイルスがまきちらされているのではないか。

天賀は懐中電灯の明かりを音のほうに向け、目を凝らした。空はさえぎるものもなく広い。満月が天空にある。変わったことは何もなかった。

豚舎の目の前が農道を挟んで天賀の自宅である。軒灯がまるく闇に浮かんでいる。

ここ一帯は、なだらかな起伏のある丘陵地で、戦後、引揚者を受けいれた開墾地である。そのとき割りあてられた区画割りのままに、耕地は縦横まっすぐな町道で、大きなマス目のようにくぎられている。そのマス目に沿って、防風林が黒々と二重に整然と並んでいる。丘のすそ野はこの畜産地帯を縦断する唯一の国道、幹線道路である。防風林の向こうを、車のヘッドライトが見え隠れして移動していく。

広い空を眺めて、ふたたび天賀は妄想にとらわれた。この闇の中でウイルスが飛びまわっているのではないか。ウイルスは人間の目には見えない。大きさは二十から三十ナノメートルとされていて、光学顕微鏡でも見ることはできない。ナノメートルは一ミリの百万分の一である。ウイルス仲間のうちでも、口蹄疫ウイルスはとくに微小、しかも強力で、いったん豚の体内に入ると血流に乗って全身にゆきわたり、高熱や食欲不振を引きおこす。恐ろしいのは、家畜のよだれ、呼気、糞便、傷口、どこからでも伝染し、伝染力が強いということである。

人間の体内では病害はおこさない。発病するのはふしぎなことに、ひづめが二つに分かれた偶蹄類で、牛、豚、水牛、鹿、山羊、羊である。

2

七日前のあの日、その日もいつものように明けた。前夜、ハナ子と名づけた母豚が、十二頭の子豚を産んだ。ハナ子の出産には妻のサチ江が立ちあった。

かかりつけの獣医の吉井照男が電話をかけてきたのは、天賀が餌のダクトを点検し、異常がないかをたしかめ、ひと段落した七時半ごろだった。天賀は、サチ江と二人、朝食の食卓についたところで、受話器をとったのはサチ江だった。

「天賀さん、伝染病が出たが。すぐ豚舎を消毒しなさい。消毒液はあると？　いい消毒液があるかい取りに来ないよ」

サチ江は動転して、

「伝染病て何ね、何の伝染病ね？　先生、どこに出たつね」

叫びをあげた。そして、すぐさま受話器を天賀のほうに差しだした。

「伝染病ちいうちょりやっと」

だいじなことは天賀の役目だった。サチ江は、自分の手に負えないから天賀に代わってほしかったのだ。

天賀は立ちあがり、ひったくるように電話をとった。

「伝染病て、うちん豚ですか」

「ちがう。牛や。五、六キロほど先になるやろ。山ん中や。口蹄疫ちう病気や。知っちょるよね」

「知っちょります」

口蹄疫は十年まえにも発生したことがある。

そのときは、初発農家とその近隣三戸だけの被害ですんだ。犠牲も牛十数頭で、最小の被害だった。発見が早く、処置も適切だったからだろう。そのころ天賀は、いまのような繁殖豚の農家ではなく、肥育豚の一貫経営をやっていた。一貫経営とは、受精から出産、生育、そして百二十キロから百三十キロの成豚になるまで、すべてを一農家がやるということである。それをやめて転身したのは、サチ江が嫌がったからである。

サチ江は二人の子を育てながら農協でパートをしていたが、子どもが独立したのを機に、パートをやめ、養豚に身を入れるようになった。そのサチ江が、赤ちゃんから育てた豚を、自分の手で屠殺場に送るのはいやだ、といったのである。

天賀も腰痛で苦しんでいた。百二十キロの成豚を屠場行きの籠に追いこむのが苦痛になっていた。繁殖農家なら、生まれた子豚を七十キロくらいの青年豚にして仲介業者に渡せばよい。成豚にするのはべつの農家がやる。養豚業の形態はさまざまで、離乳した子豚を三か月間預かり、七十キロの青年豚にして返すという、預託経営の農家もある。預託農家は収入もそれほどではなく、いわば隠居仕事である。

「いまのところだいじょうぶだと思うけんどん、豚に感染したら感染が速いから全滅やしね。念には念を入れて用心せにゃいかん。いい消毒液をあげるかい、取りに来てくれんね。畜舎のまわりにすぐ石灰を撒かんといかんよ。入るときはとくに注意してね。それからあんまり出歩かんようにしてください。空気伝染するごつ人の動くことがいちばん危険やとよ」

と、吉井がいった。

月に一、二度、天賀家に来て、衛生点検や助言をしてくれる吉井が、いい薬をあげるといいながら、天賀の家まで来ず、一キロほど先の農道の十字路を指定した。そこを待ちあわせ場所にしようというのである。

「ぼくもあちこち農場を歩いとるしな。万一ウイルスくっつけとるといかん。詳しいことはまた教えちゃるかい」

吉井の電話は短く終わった。消毒液はサチ江が取りにいくことにした。

「寄り道せんで、すぐ帰ってきたほうがいいよ」

車に乗ろうとするサチ江に、天賀はそう声をかけた。

まもなくサチ江は薬を受けとって戻ってきた。ドイツの会社が開発した有名な消毒液で、これを百倍に薄めて消毒槽や消毒マットをつくり、豚舎への出入りの際に靴底や手袋を浸して消毒するのである。

薬を渡すとき、吉井はまったく口をきかなかったようである。サチ江が待ちあわせ場所に着いたとき、吉井はすでに到着していて、手を左右にふりながら、サチ江の車の停まる位置を指定した。吉井のいる場所より五十メートルも手前だった。

サチ江が車から降りると、吉井はさらに手をふって、道ばたにある石を指さした。その上に、ビニール袋に入れた薬瓶がのっていた。

サチ江がおっかなびっくり近づいてそれを手にとると、吉井は、さよならするように手をふりながら後ずさりし、自分の車に乗りこもうとした。

「なんね、先生」

吉井はサチ江に笑いかけようとしていたが、いつもの笑顔ではなかった。

その姿が異様なので、サチ江は急に不安になった。すると、吉井は右手を高く上げ、親指、人さし指、中指の順にゆっくりと折りまげていった。

「なんね、先生。どういうこつね」

吉井からの答えはなく、吉井は手をふって、そのまま発進していった。

サチ江は帰宅してからその話をし、右手の指をゆっくり折りまげて見せ、

「いま思うと、一、二、三と数えちょったごたる。なんでなんにもいわんとじゃろ。一、二、

三と、三頭発病したちいうことやろか」

と首をひねった。

「おれに聞いたちわかるはずないが。おまえが見てきたとにわからんとか」

還暦に近いが小柄で色白なため、年よりずっと若く見えるサチ江は口をとがらせ、

「じゃけん、先生、なんもいうちょらんかったもん、わからん」

とすねたようにいった。

「なんでなんもいわんとやろ。まさか先生の農場から出たとじゃないやろうか」

「なにをいうとか。さっき電話で、患畜は牛て、はっきりいうちょりやったが。吉井さんは豚が専門じゃ」

「そうじゃったね。口蹄疫ていうたらやっぱ牛じゃもんね」

「じゃけん、自分の出入りする農家から出たら、外出禁止じゃ」

サチ江はそれで納得したようだった。天賀はサチ江の見方が楽天的だと感じた。しかし、不安をあおる必要もなかった。

口蹄疫は日本での発生がまれな伝染病であるが、ヨーロッパでは大発生している。今年になってからも、韓国や台湾で発生した。日本で大流行がないのは、四方を囲む海がウイルスの上陸を阻むからである。

日本の畜産農家が恐れているのは、口蹄疫よりむしろ、豚コレラやＰＭＷＳといわれる多臓器

性発育不良や皮膚に黒ずんだシミができる皮膚病である。

しかしグローバル社会になった現在、口蹄疫も恐ろしい。二、三十年まえにくらべて、農家の規模が大きくなっている。そのうえ採算をとるために過密飼いをし、成豚になるまでのサイクルも速めている。

天賀はすぐ消毒の段取りにかかった。消毒槽のほうはサチ江にまかせ、畜舎のまわりに石灰を撒くことにした。消石灰は倉庫に十袋ほど備蓄してある。

倉庫に行きかけて、天賀は、パートで手伝いを頼んでいる塚本悟志に連絡しなければと考えた。塚本にはきょうは休んでもらったほうがいい。人の移動はウイルスの運搬にもなりかねない。用心に越したことはない。

もうひとり、親しくしている仲間の村瀬にも知らせてやらなければと思った。村瀬は情報通だから、すでに知っているかもしれないが、なにしろ村瀬の妻は乳がんで入院して手術したばかりだ。娘二人は結婚して、二人とも県都に住み、交替で母親につきそっているからいいが、豚舎の七百頭の豚は、村瀬ひとりの肩にかかっている。何かと手が足りないにちがいない。天賀は、ヨークシャー、デュロック系の繁殖農家だが、村瀬のところは黒豚の一貫経営である。

天賀が電話するより、村瀬からの電話のほうが先だった。天賀が送話器をとってダイヤルしようとしたとき、一瞬早く呼び出し音が鳴った。

「天賀さんか」

村瀬の声がした。

「病気が出たらしかね。聞いちょっとか」

「いま、あんたに電話するとこやったつや。どこから聞いたつや。やっぱり情報早いなあ」

「きょうは出荷日じゃから、豚、籠に入れてトラックに乗せたつよ。発車しようとしたとこへ向こうから庄司の車が来て、きょうは屠場閉鎖しちょるよ、いいやった。それで電話したらやっぱり閉鎖じゃ。きょうは出荷停止じゃ」

「ほうか。閉鎖か」

「それでおれ、閉鎖ちいうならなんでもっと早く知らせてくれんかったか、て文句いうたっちゃが。そしたら、連絡が来たとは今朝じゃ、ついさっきじゃ、連絡する暇もなかちいうかい、何かあったか聞いてみたんじゃ」

「口蹄疫が出たらしかよ。吉井先生はそういうちょった」

と、天賀はいって、

「屠場じゃなんていうちょったね」

と聞いてみた。

「詳しいことはわからんちいうちょった。伝染病が出たらしかとはいうちょったが、十時半に正式発表があるかい、それ聞いちくれとしかいわんから、おまえに電話したつよ」

村瀬はそういい、

「口蹄疫なら、閉鎖解除は、今日、明日とはいかんなあ。一週間はかかろうなあ」

ため息をついた。

「今年になって、台湾でも韓国でも流行したつよ。それが飛び火してきたとやろか」

と、天賀はいった。

「しかし、韓国じゃち、台湾じゃち、もう終息しちょろうか」

「終息したちいうてもなあ。何万頭も殺されたげな」

天賀は今年の初め、韓国の済州島で開かれる豚の国際シンポジウムに、吉井獣医が招待されていたことを思いだした。吉井獣医ははりきっていたが、直前になってキャンセルした。口蹄疫が発生したからだった。

済州島は発生地域ではないけんど、万一のことがあったらいかんでね、とそのとき吉井はいった。つまり、服や持ち物にウイルスがついて、そのまま日本に上陸しては困る、という意味だった。畜産農家なら、すぐにわかることだから絶対に避けているが、一般の旅行者が不用意に発生地域に行き、そこからウイルスを持ち帰ってくるということもある。

深刻な話になったが、鳥インフルエンザならともかく、日本で口蹄疫がそれほど猛威をふるうとは考えなかった。

「えらいこつじゃ。なんせあいつら、一日二キロの飼料を食いよるかいね」

電話の向こうで村瀬が頭を抱えるのが見えるようだった。

「そうやね」

天賀も相づちを打った。

豚の原価のうち、いちばん大きいのが飼料代で、通常は原価の五割である。おととしのリーマンショックのときは、飼料代が原価の七割にまで跳ねあがった。畜産農家は、豚の尻に札びらくっつけて出荷しているようなもんやねと嘆いた。

配合飼料は値も張るが、豚が早く成長するうえに質もよくなる。いまは、輸入物の配合飼料なしでは日本の畜産農家はやっていけなくなっている。飼料が悪ければ、成長も遅く、肉質評価で、「下」がつけられる。「上」の評価でなければ、畜産家は生きていけない。したがって高い配合飼料に頼ることになる。

「おおかた輸入飼料にウイルスがまぎれこんじゃったんだろうね。検閲所が人手が足らんちゅうて抜きとり検査しかしとらんかい、危ないもんじゃ。いつ外国の病気が入ってくるかわからん」

と天賀はいって、吉井がサチ江に接近しないよう五十メートルも距離をとったことを思いだした。

「吉井先生がすぐ消毒して、あんまり出歩かないようにいうちょりやった。人間が感染媒体になるごたる」

電話を切って、天賀は豚舎のまわりに石灰を撒きにいった。豚舎のまわりはもちろん、立ち木にも噴射した。

吉井はむやみに出かけないようにといったが、十時半の有線放送を聞いてみると、発生地は吉井のいったよりさらに先で、七、八キロも離れている。町境に川があり、発生地は川向こうであった。川近くに畜産農家はない。とすれば、川岸からくねくねした山路をのぼったところにある孤立した農家であるらしい。

それを知って、サチ江は午後から趣味のキルト細工のサークルに出かけていった。キルトのサークルは町なかで行われるので、発生した農家とは逆方向である。

病牛の発生が、畜産通りとか畜産ゾーンと呼ばれているこのなだらかな丘ではなく、山の中の孤立した一軒家であったことが人々を安心させた。そこは、飼料会社や資材会社の車のほかは、めったに通行のない場所で、肉牛三十数頭を飼う、自然林で隔離されたような一軒家だった。流行は広がらないと確信できた。口蹄疫を出した畜産家の主は、防疫法に従って、ただちに必要な処置をした。家畜保健所の職員の手によって病牛は殺処分され、発病していない他の牛も、ウイルスにすでに感染しているとみなされて処分された。殺された牛は、畜産家の所有地に深く穴を掘って埋められた。すべてが法律の定めるとおりにおこなわれ、そしてすべての作業がその日のうちに終了した。

3

それで終わりになるはずだった。一週間か二週間、畜舎のまわりを消毒し、出入りの際のゴム長、衣服、手袋の消毒に気をつけていればいい。十年前はそのようにして初発農家の被害だけですんだのだった。

だれも、役場の職員も農協の役員も、獣医でさえも、その後につづく一週間を予測してはいなかった。漠然と不安を感じた者はいるにはいたが、それはあくまでも胸騒ぎがするという程度で、そんなばかなことが日本であるはずがないと、心配する当の本人が打ち消していたのである。

日本の豚舎は昔とちがってどんどん清潔になっている。床はステンレスのすのこでできていて、糞尿は豚舎にとどまることなく隙間から下の流れに落ちていき、流れて屎尿槽に溜められる。一日一回の豚舎の掃除も欠かさない。そんな豚舎で伝染病が蔓延するはずはない。

川向こうの山中の畜産家が、飼牛のすべてを処分した日、その日は終わりではなく始まりだった。いや、あとで知ることになるのだが、この日は始まりでさえなかった。というのも、口蹄疫は一か月も前から始まっていて、発見や報告がされていなかっただけだったからである。

翌日、別の農家から口蹄疫に罹患した牛が見つかった。さらにその日、その家から数百メートル離れた農家からも病牛の発生が報じられた。

「三軒出ちょったが。先生はこのことをいうちょりやったつよ」

サチ江はいった。親指、人さし指、中指とゆっくり指を折っていったのは、三頭ではなく、三戸だったのだ。しかし、それがどの農家なのか、三戸が接近しているのか点在しているのか、役場では発表しないからわからない。

原因は何だろうか。人々は噂しあった。天賀はサチ江にいった。

「輸入飼料にウイルスが紛れこんじゃったかもしれん。三軒とも同じ飼料を使っちょりやったかなあ」

「うちの飼料はだいじょうぶやろか」

吉井獣医からは、あのあとファクスが届いていた。口蹄疫のウイルスは強力だが、酸性やアルカリ性に弱いこと、したがって安価でかんたんな消毒法は、酢を希釈してふりかければよいことなどである。

「餌に酢でん混ぜちゃったら、豚さんは食うじゃろか。食わんじゃろな」

せめて餌箱のまわりに酢を撒いちゃろかい、サチ江はそういって、豚舎に立った。

「豚さんのおかげで、わたしら食べさせていただかいたもんね。子どもらが学校に行けたつも、着るもんも食べるもんも、みんな豚さんのおかげじゃ」

サチ江は天賀が思っていても口に出せないことをよく口にした。苦笑いしながらも、天賀は気が楽になった。経営努力だの、原価だの、出荷予定日だの資金繰りだの、年中頭を痛めている天賀にとって、豚への感謝は清涼剤だった。家畜を家族と思っているのはサチ江と変わりないが、そもそも豚がいてこその経営努力なのだった。

不安だったが、それはまだ現実的なものではなかった。十年前もたいしたことなく抑えこんだのだから、こんどもうまくやるだろう。畜産農家のなかには、心配半分、好奇心半分で、

「どれが病気になったつや」

と、それらしい農家に見に行く者もいた。畜舎は立ち入り禁止になっていたから、彼らは五、六十メートル離れた道路わきから恐るおそる畜舎のほうを眺めた。病牛の特徴は、発熱と風に流れるような長いよだれである。しかし、そんな遠くからではよだれは見えず、発熱している気配も知ることはできなかった。それに発症した牛がまだその場にいるはずもなかった。つまり何も見えなかったのである。

「見に行ったらいかん。ウイルスもろてくることになるが。そんげなこつがわからんとか」

「牛に近寄りゃせんじゃったもん」

「空気伝染するとよ。ウイルスは数十キロ飛ぶ。飛んでくっつく。よその農場行ったらいかんとじゃ。牛の口からウイルスががんがん吐きだされちょるとぞ」

翌日、他の農場で患畜が見つかった。

さらにその翌日も病気の牛が見つかった。どちらも六、七十頭の肉牛を飼う個人経営の農家だった。病牛のいる牛舎を見に行ったから感染が広がったと人々は噂した。

口蹄疫ウイルスの潜伏期間は、牛の場合、四、五日から一週間である。豚なら十日だから、見に行ったからといって、それが原因で翌日発病するわけではない。

四日目にはさらに口蹄疫の牛がふえた。

町は急にあわただしくなった。人々は外出を自粛した。肉牛も乳牛も日に一回、牛舎から野外に出て運動する時間を与えられていたが、それは禁止となった。豚も、豚舎のまわりに真っ白な石灰を撒かれ、その中で暮らすようになった。始末が悪いのは人間のほうだった。

町の外からどやどやと新聞記者が入ってきた。彼らはカメラを持ち、農場の柵を乗りこえて畜舎に侵入する。立ち入り禁止の看板があってもどこ吹く風である。一社が走れば負けじと別の社も走る。

記者たちは町の人々より早く、発生農家をかぎつけた。彼らは車で縦横に走り、カメラをかまえ、口蹄疫牛を撮影しようとする。殺処分の牛を撮ろうとして、柵を乗りこえ、牛舎に侵入した。

「入らんでください」

そういっても、スクープ写真獲得に殺気だっている記者たちに効きめはなかった。

サチ江はいった。

「豚さんのほうがましや。柵をしといたら乗りこえんもんね。人間は字が読めるとに、なんで豚さんより低能なんじゃろかい」

天賀の豚舎は、玄関から庭を出て、すぐ前の農道を渡ったところにある。その農道を新聞社の車が走り、カメラを担いだ男が走る。それを呼びとめて、サチ江は窓から半分身を乗りだし、声を張りあげた。

「あんたら、他人の土地に侵入したらいかんこつくらいわかっちょるとでしょ」

「はい」

「人間がウイルスを媒介するとですよ。知っちょっと?」

「はい」

「あんたらがウイルスをばらまくことになるんですよ。ここだけじゃない、日本中にばらまくことになるとですよ」

彼らは報道各社の申し合わせで、現場への立ち入りがまもなく自粛されることを知っていた。知っているからこそ、その前に一枚でも多く現場の写真を撮り、他社を出しぬいて記事をとりたいのだ。彼らは耕地を駆けぬけ、牧草地を走った。人目につく昼間を避け、夜になってから農家を訪問し、農家の心境を聞きたがった。

役場は広報の号外を出した。色刷りのチラシで、口蹄疫とはどういうものかを説明した。発熱と食欲減退、大量のよだれ、口の中や腟、蹄に水ぶくれができる。よだれや水ぶくれは写真入りで説明し、パソコンやEメールをやっている家には電子メールで送り、そのほかの家にはファクスで送った。そのような症状が見られたらすぐ役場に知らせるように、と通達した。

ふつうならその程度の説明で十分だったろう。ところが、日ごろから家畜の異常に敏感な畜産農家にはかえって心配をあおることになった。水ぶくれの写真は、写真そのものの質が悪いため、黒くつぶれており、よく見えなかった。

「写真見ても、いっちょんわかりゃせん」

「よだれが出るちいうけどよ、牛はいつでんよだれ出しちょろうが」

「ふつうのよだれとちがうとよ。いつもとちがうよだれじゃ」

「そんげいうたちわからん」

「見ればわかるち。見ればひと目で、これじゃちわかる」

牛農家は朝起きると一頭一頭、牛の脚や乳房を点検した。豚農家も同じだった。口の中や舌に水ぶくれができるというが、牛や豚の口をどうやって開けたらいいのか。ふだんの労働のうえにまたひとつ新しい労働が加わった。しかし、その努力にもかかわらず、家畜農家は一つ、また一つとドミノ倒しのように口蹄疫のまえに倒れていった。

ドミノとちがうのは、すぐ隣の駒を倒すのではなく、きょうは西へ四百メートル、明日は北西へ七百メートルというように、まるで間歇泉が噴きだすように、予測を裏切って発生していったことである。

新聞は連日報道した。五例目は最初の農家から北へ××メートル、飼牛〇〇頭の肉牛農家、六例目は三例目の農家から北へ××メートル、飼牛〇〇頭の乳牛農家、七例目は四例目の農家から西へ××メートル、飼牛〇〇頭の繁殖農家というように。町役場から農家に出される通達も同じだった。農家の固有名詞は伏せられた。

天賀の家では、サチ江が二万分の一の町の地図を取りだし、発生農家と思われるところに赤丸をつけていった。ウイルスはどこまで来ているのか、どこへ向かっているのか。風向きと関係あるのか。二例目は天賀の家に近づいた。しかし、三例目と四例目は天賀の家から遠のき、五例目になって向きを変え、天賀の家に近づこうとしていた。それはこれから大きな渦をつくって、じわじわと包囲しようとしているかに見えた。

七例目になったところで、サチ江の地図は役に立たなくなった。同日に発生した複数の農家を、どちらが早い事例としているか疑問になったからである。しかも西へ××メートル、東へ××メートルというのでは、不正確極まりない。

天賀は役所に電話をかけた。

「いったいどこの牛が口蹄疫になったつや。なんでわしらに知らせんとね」

「プライバシーの問題があるかい、農家の名前は公表せんとです」

電話口に出たのは天賀も知っている若い職員だった。

「プライバシーがどうのというちょる場合か。畜産農家全体の問題やぞ」

天賀は思わず語気を強めた。

「おれらは情報がほしいとよ。ウイルスがどういう動きをしちょるかわからんで消毒ばかりしちょってもどうもならん」

「発生農家を特定したら、新聞記事になるとですよ。この町のことだけでは収まらんとですよ」

「国道閉鎖してくれちいうちょっとに返事はなか。県道通行止めにしてくれいうたち返事がない。国も県も何もせんじゃなかかね」

「国にも県にも要求しちょります。じゃけんどん、ウイルスは風に乗ったり、鳥についたりしてどこからでんやってくるとです。仮に隣りの家畜の次に自分の家のが病気になったとして隣りのウイルスが入ってきたとはかぎりません」

「そんげなことはわかっちょるが」

「病気になったとして、その家の衛生管理が不衛生だったからといえるでしょうか。みんなふだんから病気にならないように、家族の一員としてかわいがって育てちょっとじゃないですか」

若い職員は勢いこんでいった。

「発生した農家と、していない農家のあいだで責任をおしつけあったり、いがみあったりしたくないんです。こんどのことは災難のようなもの、誰が悪い、彼が悪いという問題じゃありません。しかし、農家の名前を発表すれば、非難はどうしてもその農家にいきます。農家の気持ちを逆立てるようなことは避けなければ、というのが、役場で話しあって決めたことなんです」

天賀は気勢をそがれた。役場の職員のいうとおりであった。しかしそれは役人のことばであって、目に見えないウイルスにおびえている農家のことばではなかった。いま必要なのは、収束したときのことより、収束させる手立てであった。

口蹄疫のウイルスが、飛び火していく原因は人間にある。家畜から家畜への伝染ならば、一つの畜舎だけに収まるはずである。鼠や鳥や空気伝染ということもあるが、避けることができるのは、人や物による媒介である。だからこそ、吉井獣医は韓国行きをやめたのだし、サチ江に消毒液を渡したときも、五十メートルの距離をおいたのである。

吉井獣医も他の獣医も、いまやらなければならないのは、国道や県道の閉鎖、もしくは通行車両の徹底的な消毒だといっている。それができないのは、国や県が動かないからという。県知事は、ゴールデンウイークをひかえて、道路を閉鎖もしくは通行制限すれば観光客が減るといい、決断を引きのばしていた。天賀は思っている。役場は農家どうしの往来をするなと農家をいさめるだけのファクスを送りつけるだけでなく、県当局と県知事にもっと強く要求すべきではないか。

県知事は、知事になるまえは芸能タレントで、テレビに盛んに出演して人気が高かった。人気絶頂のころ、暴露記事が気に食わないと、グループのリーダーの腰巾着になって雑誌社に殴りこみをかけたことがある。雑誌社は起訴すると息巻いたが、人気絶頂のタレント相手の訴訟は得策でないと起訴は取りやめた。リーダーはそのままタレントをつづけ、人気も衰えなかったが、彼は芸能界から姿を消し、大学に入りなおして政治行政の勉強をし、まだ忘れられていない知名度を利用して、県知事に立候補して当選したのである。

知事になった彼は腰を低く、柔和なイメージで、観光、物産の宣伝につとめた。似顔絵を包装紙に刷りこみ、等身大の看板を物産館の入り口に立たせた。タレント集団から身を引いてはいたが、独特の風貌や気の利いた話術は彼の特技だったから、県の利益に確実に貢献した。そんな露出戦術を、ミーハーの人気取りだと眉をひそめてきた人たちも、このごろではあまり悪くいわなくなっていた。農業県としての県の物産品が宣伝のおかげで全国的に知られるようになったせいもあり、愛嬌のある独特の顔をあまりにも見慣れてしまったせいでもある。

農業県であるこの県は、豊かな自然とおだやかな海に恵まれ、県央の秘境は名勝地であった。家畜の伝染病という汚名が全国を駆けめぐれば、ゴールデンウイークに客を呼びこんでいるホテルにはキャンセルが出、蔬菜や茸類の売り上げにも影響が出る。

知事の最大の関心は、ブランドものの種牛数頭の上にあった。何代もの交配の結果生まれてきた黒牛で、精液は莫大な高値で取引され、県に利益をもたらした。この雄牛がウイルスの活動圏内にいる。これが感染して殺処分されるようになっては困る。どこへどう避難させるか。一般農家の牛ももちろんだが県としてはまずこの種牛の安全を確保しなければならない。

地に足がついていないのは、国の政治家も同じだった。農水大臣は牛一千頭の殺処分を知りながら、現地を視察しようとはせず、

「口蹄疫は地元の努力で終息しつつある」

「口蹄疫は偶蹄類の体内に入れば発病するが、人体に害はない。仮に口蹄疫にかかった牛の肉を食べても人体に影響はない。いたずらに騒ぐと社会不安をあおる」

と述べて、メキシコ、キューバ、コロンビアへの旅に発っていった。四月末から五月初めにか

けてのゴールデンウイークに旅立ったのだから、それは文字どおりの外遊といってよかった。

ゴールデンウイークの間、幹線道路は通行制限もされず、県の名勝地への観光も減らなかった。しかしその直後、ウイルスは爆発的に拡大した。家畜の処分と埋却が、ウイルスの拡散に追いつかないほどになった。人々が思っている以上に早くからウイルスは活動しはじめており、発見されてもそれが報告されないだけだったのである。

小尻という三十代半ばの獣医が、マスコミの取材を受けて語ったところによると、四月の初め、彼はある和牛農家から往診を依頼された。親牛が二、三日前から四十度を超える熱を出しており、餌を食べないから診てほしいといわれたのである。往診した彼は、発熱した牛の舌にかさぶたがあるのを発見した。

彼は口蹄疫をも疑って診察した。口蹄疫を意識したのは、十年前に発生したとき、獣医学部を卒業したばかりの彼はその場にいて一部始終を見ていたからである。そのときはほぼ初発の農家だけの被害ですんだ。ウイルスは輸入ものの配合飼料にひそんでいたとされた。

小尻獣医は、発熱した牛の舌にかさぶたがあるのを発見した。彼は口蹄疫ではないかと考えてぞっとした。しかしそれは黒ずんでいて、口蹄疫特有の水ぶくれではなかった。他の牛も調べたが、異常はなかった。異常はないが、しかし、潜伏期ということも考えられる。

彼は念のためかさぶたをはがし、家畜保健所に連絡した。口蹄疫に似た症状だが口蹄疫ではないだろうと意見をつけ、家畜保健所の防疫課に、かさぶたの病勢鑑定を依頼した。

担当した職員は、小尻医師にこのあと往診の依頼はあるか、と聞いた。小尻があると答えると、ではそれを全部キャンセルしてほしい、結果が出るまで他の農家への往診もしないでほしい、と依頼した。もしも病牛が口蹄疫だった場合、小尻獣医が感染媒体になることを恐れ、用心したのである。ここまではよかった。

家畜保健所の職員は自分も手が空きしだいその農家へ行くから道順を教えてほしいと頼んだ。小尻獣医は、わかりにくい道なので案内するといい、三日後、待ちあわせてその農家を訪問した。二人は、他の牛の口も開けさせて、一頭一頭調べていった。口蹄疫ウイルスは感染力が強い。一頭が発熱したのはちょうど一週間前で、牛にとりついたときの潜伏期間は一週間だから、口蹄疫ならば他の牛もすでに発病しているはずである。しかし、どの牛にも異常はなかった。職員も家族も安堵し、笑顔を交わしてその日は乾杯までしたのである。乾杯したからといって問題があるわけではない。

家保に帰った職員は、小尻獣医から依頼された検体を入念に調べた。しかし、口蹄疫の検査はしなかった。設備がなくてできなかったのである。現地でできない検査は、検体を東京小平市にある国立動物衛生研究所に送ることになっている。しかし、口蹄疫ではないと判断した家保の職員は、東京へ空輸することはしなかった。もし送っていたら、実際より十日前にウイルスの存在が発見できていたかもしれない。

口蹄疫の発生が国や地元に知らされ、市場が閉鎖されたのは、それから十日後である。十日前に小尻獣医に往診を頼んだ農家が、先日発熱した隣の牛が発熱しているので診てほしいと電話をしてきた。小尻は家保の職員といっしょに出かけた。行ってみると、他の牛にも発熱症状が見られた。しかし口蹄疫特有の水ぶくれはなかった。口蹄疫を疑ったわけではなかったが、同じ症状を示す家畜が複数で発生したときは、すぐ動物衛生研究所に連絡する、と防疫指針で決められている。職員は農水省に連絡し、歯茎の一片を動物研究所に空輸して検査を頼んだ。

研究所が陽性と判断して、国、県、家保に連絡したのは翌日の未明だった。ウイルスは正式発表から二週間も前に確実に発生していたのである。

4

その年の夏は異常気象が予想されていた。それを裏書きするように、五月の初めから真夏のような暑さになった。

天賀は豚舎の見まわりを終えて、居間のソファで横になっていた。そこへ、

「とうとう豚に感染したつよ」

という声を夢うつつに聞いた。声の主はサチ江だった。

その瞬間、天賀は目を覚ました。

豚に感染すると、その感染力は千倍から三千倍にもなるという。理由は密飼いである。牛は単

頭飼いで、朝夕の餌どきには一頭ずつスタンチョンをかけ、自分の餌箱から餌を食う。それに比べて豚は群餌飼いである。豚舎を三十平米くらいの小部屋に柵で仕切り、十五頭から二十頭の豚を飼う。柵を二倍に広げて、七、八十頭を入れているところもある。餌を食うときは、同じ餌皿に代わるがわる口をつっこんで餌を食い、同じ給水栓を鼻で押して水を飲む。牛の餌やりは朝夕二回だが、豚はダクトからさらさら落ちてくる餌をのべつ食う。下あごを餌皿につっこみ、すくうようにして餌を口に入れ、それを何度かくりかえして口中を餌で満たしてから首をあげて咀嚼する。よだれは餌皿に落ち、次の豚はウイルス入りの餌を食うことになる。

餌や水だけではない。天賀の豚舎では床をすのこにし、屎尿が下の溝に落ちるようにしてあるが、二、三軒先の預託農家の斎藤家では、昔ながらのおがくずと畑土を混ぜた土間にしている。豚にとってはステンレスより土間のほうが快適にちがいない。ステンレスの目的は、豚のためではなく、人間が掃除という作業を省力化するためである。

畜産としてではなく、家畜としてどの家でも裏の小屋に二、三頭の豚を飼っていたころ、豚は寝床と便所を使いわけていた。好き勝手に屎尿を垂れながすのでなく、土の高いところを寝床とし、低いところを便所にした。しかし、過密飼いをすれば、床と便所を使いわけていられなくなる。

おがくず土を床にしている斎藤家では、豚の習性を考えて奥に小高い山をつくり、そこからすそ野に向かってなだらかな斜面にした。奥の山が寝床、手前が便所である。しかしそこに五十頭の豚を入れたものだから、豚のほうでは過密そのもので、寝床だ便所だと使いわけてはいられなくなった。少しでも高いところに寝ようとして豚は争い、高地は引っかきまわされて床は平らになり、豚たちはところかまわず屎尿をする。けれどもそれも斎藤夫妻にとってはありがたいことである。

夫妻は天賀夫婦と同じくらいの年齢だが、一日一度は小屋に入って奥に高く土盛りをしてやる。豚が踏みならすので翌日には平らになってしまうが、翌日はまた翌日で奥に土を盛る。豚が業者のもとに帰る三か月後には、人と豚が手数をかけたおかげで、斎藤夫妻は立派な堆肥の原料を得ることができるのだった。空になった豚小屋から夫婦は小屋の土を畑に運ぶ。若豚の預託だけでは生活できないが、畑作と並立させ、朝から晩までむだなく体を動かすことで暮らしが成りたつのである。

ステンレスの床は清潔だが、何も生みださない。それどころか尿と糞を分離して臭いを消してから、業者に代金をはらって引きとってもらっている。ばかばかしいと思うが、八百頭の豚を飼う天賀家ではおがくず土をやってはいられない。蠅、蚊、臭気が発生して近隣に迷惑をかけるし、だいいち人手がかかる。

豚に感染したと夢うつつの声を聞いたとき、天賀はすぐ斎藤夫婦の豚を思い浮かべた。あの飼い方ではウイルスの蔓延をはばめない。しかもその豚は、天賀と至近距離にある。どうしたらいいだろう。

「サチ江」

天賀は呼んだ。そのときはっきり目覚めた。サチ江の姿はなかった。夢だったのだ。しかし、不安は去らなかった。

「サチ江」

胸騒ぎがして天賀は呼んだ。目の前の壁に天賀の顔を描いた五歳の孫の絵が鋲でとめてある。細長く頬のこけた輪郭のなかに、細く長い目とすっきりした鼻筋が描かれている。髪の毛は赤茶けて巻きあがって縮れている。

「サチ江」

もう一度呼んだが返事はなかった。そのかわりに電話が鳴った。村瀬だった。

「おい、豚に感染したつや」

村瀬の声がはっきり聞こえた。

「感染したて？　ほんとうがか」

天賀の声が寝とぼけているのに気づいたのだろう、村瀬がいった。

「おまえ、いま、何しちょっとや」

「横になったら、いつのまにか眠っちょっと。豚に感染したてほんとうか」

「ほんとうだ」

「どこに出たつや」

「どこと思う?」

「わからん」

まさか斎藤家の豚とはいえない。

「畜産試験場の豚ど」

畜産試験場といえば、衛生管理がとびきり厳重なところである。

「おい、聞いちょるか」

「聞こえちょるよ。じゃけん、なんであんなとこに出るとや」

「わからん」

選りによって何で畜産試験場なのか。畜産試験場は村瀬の家から三キロほど先にある。県営で、家畜の改良や病害予防の研究をするところである。

衛生面はきびしい。正面玄関も、資材を搬入する通用口にも消毒槽があり、出入りする車はタイヤを消毒される。アーチ形の門には消毒薬の噴射孔がついていて、車の通行を感知すると、上からと左右から消毒薬を噴射する。畜舎も白亜で、見た目も清潔である。畜舎の隣りに緑の丘があり、ここは牛のための牧草地と運動場で、柵をめぐらせて野生動物の侵入を防いでいる。

それほど管理がきびしい試験場の豚が、なぜまっ先に感染したのか。口蹄疫発生以来、試験場では牛は牧草地に出さず、もっぱら畜舎内で飼育している。豚はそもそも外に出すことはない。

「飼料にウイルス、ついとったんかなあ」

天賀が信じられない思いでつぶやくと、村瀬はいった。

「あそこはパートさんも意外に多いかい、その人らについて菌が侵入したかもしれん。空気伝染かもしれん」

「試験場に出たちいうことは、ほかにも飛び火しちょるやろなあ」

村瀬と話していながら、天賀はまだ信じられなかった。

自分の家の豚は守れるだろうか。とにかく家の豚を守らなければならない。守るといっても、できることはひたすら消毒、消毒、消毒。消毒してウイルスが退散するまで辛抱するしかない。たがいにそういいあって、電話を切った。

豚に感染したら、感染速度は三千倍、信じられないようなその事実を、ウイルスはその直後から実証してみせた。

試験場での発病から四日後、連休のさなかに一万五千頭を飼う養豚業者の豚に口蹄疫が見つかった。

社主は働きざかりの五十代だった。一頭の発病は、他の何百頭の保菌、潜伏を意味している。彼はその日のうちに全頭処分を決断した。なにしろ一万五千頭である。

処分を決めたものの、これだけの数の豚をどうやって殺処分すればいいのか。全頭を処分するのにいったい何日かかるか。防疫係の職員は計算した。どう考えても、一日一千五百頭が限度だった。全頭処分には十日もかかってしまう。そしてそのあいだに感染が広がるのだ。獣医が足りなかった。獣医は家畜を殺すのではなく、生かすのが仕事だが、この場合、屠殺ではなく、苦痛を味わわせずに安楽死させるのだから、獣医の手を借りなければならなかった。

次に、埋却の問題である。死体をどこに埋めるのか。防疫法では、家畜の持ち主の土地に埋却する、と決められている。しかし、社主は一万五千の豚を埋めるだけの土地をもたなかった。

土地を買おうにも借りようにも、豚の墓場を進んで提供しようという者はいなかった。社長は埋却地を求めて走りまわった。

病畜の墓場になったが最後、そこには向こう三年間、耕作ができない。法律でそう決まっている。三年後に耕地にしようとしても、死骸には消毒のため多量の消石灰を撒くから、土地は極端なアルカリ性になっており、栽培に適さない。土中には溶けようにも溶けきれないラードの塊がどろどろと残っていたりして、耕地として復活させるのは困難だった。

埋却地探しは困難を極めた。そして埋却地が決まらない以上、殺処分することはできなかった。土地探しを個人にまかせておくわけにいかず、防疫課の職員も農林振興課の職員も交渉に駆けまわった。人間が駆けまわっているあいだに、豚は食い、よだれを出し、脚や蹄や乳房に水ぶくれをつくった。水ぶくれが破れて血が流れ、傷口からも呼気からも糞便からもウイルスを飛散させた。まだ蹄も固まらない幼い豚にも水ぶくれはできた。水ぶくれが破れるときに蹄がとれてしまい、子豚は蹄のない脚で血をしたたらせながら歩いた。こんななかで、まだ、国も県も非常事態宣言を出してはいなかった。

メキシコ、キューバ、コロンビアを訪問した農水大臣は、この騒ぎのなかで帰国した。記者会見で、災害地を視察しなかったことをとがめられると、彼はこう答えた。

「私が行くと、感染媒体になり、かえって迷惑になると考えた」

帰国した足で視察に入ればまだしもましだったろう。しかし彼は方向ちがいのほうへ遊説に行き、自己宣伝に気炎をあげただけだった。

その後、一日に数千頭から一万頭の割で殺処分対象の豚がふえていった。

ゴールデンウイークの最終日、五月五日には、殺処分対象の家畜は六万頭を超していた。

町役場の職員は、畜産課も、町民課も、保健衛生課も、土木課も、すべての職員が早朝から深夜まで走りまわった。土木課は、豚を埋却する穴掘りの重機の調達に走り、畜産課は発生農家を訪ねて、埋却場所の相談にあたった。

「あんたんとこの土地はどこにあるとね」

と聞き、その土地に埋却可能かどうかを調べなければならなかった。

広さは十分か、水源地に近くはないか、地下水脈にあたっていないか、近所の同意は得られるか。発生農家だけに責任を負わせておくわけにはいかなかった。個人の農家の手にあまるのだ。

人口一万六千人の町の役場職員が総動員で駆けまわっているとき、口蹄疫のウイルスも飛びまわった。ウイルスは夜昼なく飛びまわり、人間とちがって休息を必要としなかった。

役場は防鳥ネットを配布した。豚舎の格子窓をネットで蔽って鳥の侵入を防ぎ、鳥や野生の小動物によるウイルスの拡散を防ごうというものだった。しかし、拡散の犯人は、鳥や雀や野りすや野ねずみではなかった。

人間の対応が遅れていたのである。被害を拡大させないためには、ウイルスの繁殖母体である生体を消さなければならない。けれども、生体を消す作業が拡散に追いつかない。病畜はどんどん増えるばかりである。そんなときにはワクチンを打って発症を抑え、時間かせぎをする方法がある。しかし、ワクチン接種という決断が、政府にも農家にも下せなかった。

畜産農家の多くは、最初、ワクチン接種に賛成だった。口蹄疫の予防注射だと考えたからである。早く打ってほしいと要望さえした。しかし、次のようなことがわかると、猛然と反対した。ワクチンは口蹄疫の発症を止めるだけであり、打たれれば体内にウイルスをもつことになる。つまり、豚はばらまく存在から保有する存在に変わるだけで、否応なく処分待ちの存在になるのだ、ということである。

政府もまた次のような理由から接種の決断ができなかった。発症していない家畜にワクチンを打ち、殺処分の対象とすることは、個人の財産の没収であるから補償をしなければならない。政府は補償額のまえでたじろいでいた。

町ではいくつかの地点に消毒場所を設けた。人手もなく、消毒液も底をついてきたから、畜産ゾーンに出入りするすべての道に消毒場所を設けることはできず、わずか数か所にすぎなかった。一般客に嫌われることを心配して、畜産関係の車だけが対象であった。

消毒は徹底しなかった。飼料や資材を運ぶ会社の車は、消毒に時間をとられるのを嫌った。彼らはそれでなくても、仕事に追われ、時間に追われて焦っていた。いったい、こんな消毒は気休めではないか。消毒するなら、座席もハンドルも運転者も消毒しなければならない。タイヤと車体に消石灰を噴霧するだけで、どうして消毒といえるのか。

この町は戦後の開拓村である。縦の道は四百メートルごとに、これに直角に交わる横の道は二百五十メートルごとについている。将来の車社会を予測したかのように、道幅は広く、縦の道は幅七メートル、横の道は幅四・五メートルである。車の通れる枝道はいくらでもあった。しかもその碁盤のような道をもつ台地が、広い空の下に広がっているのだ。

さえぎるもののない台地は、どの地点に消毒所が設けられているか、遠くからでも見通せた。そこでは白い防護服の人間がうごめき、ノズルから白い煙が上がっていた。消毒場所を避けて目的地に着くのはたやすいことだった。

町の人々は、消毒地点を避けて疾走していく車を何度も目撃した。車は簡単に避けていくけれども、消毒場所近くの家は災難だった。散布される石灰を浴びるので窓は閉めきっていなければならず、洗濯物も干せなかった。

隣の町では、農事用の無人ヘリコプターを飛ばして、上空から百倍に薄めた酢を散布した。人体に無害といわれる消毒薬でも、空から撒く以上、めったなものを撒くことはできない。酢ならば食用だし、安価だし、害があるはずがない。隣町ではそれ以来、感染が出ていない。

この町の畜産家も要求した。

「うちんとこも撒いてくれんね」

サチ江も町役場に電話をかけた一人である。

「隣ではヘリコプターで撒いたちいうが。うちん役場はやらんと?」

「検討はしちょります。しかし、効果が科学的にはっきりしとらんのに、莫大な町費を使って撒いたとして、どうなのか」

「効果がないともいいきれんやろ。いいと思うことは何でもしてみればいいが。なんで早うせんのや。うちとこもヘリコプターのあるやろが」

「専門家はこういっちょります。上空から酢を散布しても、地上に落ちてくるときには、もう蒸発しちょるげな。そういうものをあえて高い町費を使って飛ばすちゅうこつはどうなのか。ヘリコプター飛ばすと半日で六十万円かかるとです」

役場の係はそう答え、

「ヘリコプターの風圧で、かえってウイルスを広域にばらまくことになりゃせんか。そういう心配もしちょるとです」

といった。

「撒いたとこは効果があっとやろ。そのあとは病気が発生しちょらんとやろ」

「町の規模がちがいます。あちらは飛び火して一件だけ発生しただけで、うちとは状況がちがうとです。それに、酢は人体に害はないけんど、お茶の葉が酸化して黄色くなって市場に出せんちゅう問題もあるとです」

「地面に着くときは蒸発しちょるとに、なんで茶葉が黄色くなるとや」

「そういう問題もあるとです。被害はまだ出ちょらんが、そういうことも考えられるちゅうて、茶葉農家やたばこ農家が心配しちょっとですよ」

「地上は、わたしら消毒しちょるとですよ。空を消毒してもらいたいから電話しちょるのよ。空には手がとどかんから」

「しかし、空から撒くなら、町民のみなさん全員の賛成がないといかんのです。検討はしちょるのですが」

サチ江はそこで電話を切った。天賀に手まねで制止されたからだ。役場で検討しているといったのだから、それ以上ねじこむ必要はない。ヘリコプター散布は役場がいうようにウイルスを広域にまきちらす危険と同居している。牛の発病にとどまらず、豚まで感染したいま、逆効果になる心配のほうが大きい。

たしかに隣町では早々にヘリコプターを飛ばして希釈酢を散布した。以後、発病はない。しかし、希釈酢の散布が功を奏したともいいきれない。発病した農家は、この町の屠場へ消毒を怠って往復したのが原因とみられていたからである。

5

町に人通りは絶えた。もともとこの町は畜産を中心に発達した町で、鉄道線路の駅からは遠く、商店街は、台地のすそ野を走る国道を逸れて曲線状に迂回する町道に密集してあるきりだった。雑貨屋、荒物屋、食料品屋、衣料品店などは、開拓当時の面影を残したしもた屋ふうのかまえで、いささか埃をかぶったようなおもむきはあったが、生活に必要なものは鎌や農具類に至るまで品切れなどということはなく、いつでもきちんとそろっていた。ラーメン屋、すし屋、てんぷら屋、居酒屋もあり、どれも客が十数人も入ればいっぱいになるくらいの小さな店だったが、この町生まれの店主がそれぞれに材料選びと料理の腕を競っており、味はなかなかのものだった。農作業のあとの疲れた体を癒すには十分な店だった。

ホテルもあった。この町を視察に訪れる議員や農事関係者、学者、資材や飼料の宣伝に来るセールスマンが泊まった。それら町の活動が、この騒動の発生以来火の消えたようになった。学校は閉鎖にならなかったが、子どもらは寄り道しないでまっすぐ家に帰らねばならなかった。帰宅してからも友だちの家に遊びに行くことを禁じられ、外遊びもできず、畜舎にも行けず、退屈しながらテレビを見ているよりほかなかった。

あいかわらず発生農家の名前は公表されなかったが、発表されなくても、いつ、どこで出たかということは住民にはわかるものである。いつのまにか子どもたちさえ知っていて、学校で「ウイルス」といじめられるようになった。そのため、この騒動が収まるまで、子どもの通学免除を申し出る親もいた。

新聞は消毒したビニール袋に入れて配られた。それも戸口まで来ることはなく、近くの道端に置いたポリバケツの中に配られる。郵便も同じだった。

外出禁止といっても、病院通いまで禁止するわけにはいかない。そんなとき、人々は酢を希釈してスプレー容器に入れ、持ち歩いて体に吹きつけた。自分がウイルス運搬者にならないためだった。

農家の人々は、ともすると役所より情報獲得が早かった。そのなかにはいわゆる風評といわれるものもあったけれど、おおむね正しかった。情報集めの能力は役場の人間より現場のほうが上だった。役場の職員は家畜が死んでも失業しないが、農家は牛や豚が死ねば労働の場を失い、収入も失う。

こんなときにも母牛は子を産み、母豚は子豚を産んだ。すんなり生まれてくるならよいが、難産もある。地元の獣医は菌保有者とみなされて禁足を命じられているから、獣医に手助けを頼むことはできなかった。他県から応援に来た獣医は慣れない殺処分に忙しかった。彼らは獣医師会の呼びかけに応じて応援に来たのだが、それは殺処分のためであり、家畜を生かすためではなかった。

老夫婦の牛舎で、子牛が逆子で生まれようとしていた。助けを求める夫婦のもとへ、男たちは外出禁止令を破って駆けつけた。駆けつけなければ母牛、子牛とも死んでしまう。仮にこの先、殺処分されるにしても、それはそのときのこと、いまある命を見殺しにできない。

逆子の子牛は、母牛から片脚だけ出してぐったりしていた。男たちは、産道に手を入れてもういっぽうの脚をさぐりだした。それから両脚にロープを巻きつけて二人がかりで引きだした。どうやらこうやらぶじに生まれたのにほっとして、彼らはなぜ地元の獣医を外出禁止にするというような愚かな措置をするのかと話しあった。

「なんで地元の獣医を出動させんのか」

「地元の獣医が保菌者なら、よそから来た獣医も保菌者ではないか」

「国のやることも県のやることも机上のプランだ。現場がわかっちょらん」

疑問や反論が彼らの口をついた。話しだしたらとまらなかった。まず、家畜を助けるはずの獣医が殺す側にまわっているのはなぜか、である。小尻獣医が最初の罹患牛を発見したというが、はたしてそのときが最初だろうか。それよりまえ、チーズ会社の水牛が発症していたという噂がある。水牛は牛のようによだれが多くなく、皮膚が厚く硬いので、典型的な水ぶくれがなかったというのである。

そういえばスガイ農場の牛の不審死も怪しい。スガイ農場は二千頭の肉牛を飼っている。

「今年の初め、スガイの牛が七、八頭つづけて死んだつよ。死んだ牛はどれも熱出して、ぼうっとしたような眼をしちょった。そんで、次の日行ったら、死んじょった」

「その牛、よだれ出しちょったと?」、

「牛じゃもん、いつでん出しちょるわ。口蹄疫のよだれかどうか、そんげなこつ、いまになってはわからんじゃろ? 牛も黙って死んじょったもん」

スガイ農場の経営者は地元の者ではない。本社は関東にあり、全国にチェーン農場を展開する大規模経営である。創業は三十年前で、全国から牛の飼い主を募集し、子牛を買わせる。牛の顔を見たこともない者が飼い主になり、本社の社員が牛を管理する。二、三年後、肉牛として売れたとき、生育代を差しひいた残りの金が配当される。出資額は一口三百万円ともいわれている。管理するのは社員だが、現場で餌やりや掃除をするのは地元のパートの農民である。零細農家は自分でも牛を飼いながら、寸暇を惜しんで現金収入の道を求めているのだ。

スガイ農場は獣医も本社の人間である。事故があれば、報告書は町役場にではなく、本社へ行く。牛が死んでも町役場は知らず、いくらかでも知ることができるのは、パートの男たちだけである。

「スガイの牛は気の毒じゃな。運動にも出してもらえん」

パートの男たちはよくそういった。

農場の経営には、スガイという大物政治家がからんでいた。宗教団体も関係があるようだった。そんなことは地元の農家ならだれでも知っていた。だから、正式の社名ではなく、スガイと政治家の名で呼んでいたのである。彼らはそんな話をしたあと、役場へ電話した。

「スガイの牛が感染源ちいうのはほんとうがか」

「風評です。そんげなこつ、どこから聞いたとですか」

「どこからちゅうて、どこでんここでん噂になっちょるが」

「噂は噂ですよ」

「そんなら、事実はどんげね？」

「これから調査するとです。流行を封じこめるのがまず先です。そのあと調査をして原因を調べます」

たしかにそのとおりだ、流行をくいとめるのが先だ。しかし、流行をくいとめることもできず、消毒も不徹底で形ばかりなのが腹立たしいのだ。彼らは八つあたりのように食いついた。

「どんげな調査をすると？　あとで調査しても、口蹄疫でないちいうたら、そこで終いじゃろが。役所に出す書類なんか、有力者ならどんげでも書き換えらるるかいね」

スガイでは、証言すべき獣医は転勤してしまい、すでにこの地にはいなかった。役場はこのたびの流行で、スガイに対しても通達を出しているが、応対に出てくるのは所長ではなく、獣医でもなく、弁護士だということだった。

6

処分対象の家畜が十一万頭を超えたとき、この国の政府と県知事は、ようやく非常事態宣言を出した。発生地から半径十キロ以内の家畜は移動禁止のうえ全頭処分、二十キロ以内は早期出荷という決定である。これまで決断を迫られながら逡巡をくりかえしていた問題に結論が出された。ウイルスが豚に感染してから二週間、最初の発見からはほぼひと月がたっていた。

非常事態宣言は、政府にあっては補正予算との関係だった。県にあっては、県有財産であるブランドものの種牛の避難の完了だった。県は二十年以上かけて改良してきた五十数頭の種牛をもっていた。その精液は、県に莫大な利益をもたらした。が、不幸なことに、口蹄疫が発生したそもそもの時点で、彼らの牛舎は半径十キロ以内の移動禁止区域にあったのである。この牛たちを何とかして禁止区域外に移動させなければならない。半径二十キロ以上であって、しかも近くに畜産農家がないところ、秘密に運搬できるところ、そのようにして選ばれたのが、標高七百メートルの山の中だった。県は種牛の何頭かを失いながらも基本的な財産を消滅させることなく移動を完了させた。そのあとでの非常事態宣言である。

処分対象の家畜が十一万頭を超えれば、農家も猛反対するわけにはいかない。放置すれば県内だけでなく、日本の畜産が壊滅するかもしれない。

「全頭処分するならば、農家が納得する補償価格を示してほしい」
「殺処分されれば牛農家は向こう二、三年、豚農家は一年間収入がなくなる。その間の生活支援をお願いしたい」

半径十キロ以内なら元気な家畜でも殺処分である。十キロを超えて百メートルでも外にあれば処分をまぬがれる。わずか百メートルにどんな差があるというのか。それにしても起点をどこと決めているのか。小尻獣医が往診した農家か、それともスガイ農場か。それをあいまいにしたままの線引きなのか。

移動禁止は殺処分を意味し、早期出荷は、感染しないうちに食用肉にせよ、ということを意味する。しかし、屠場があるのはこの町だけである。伝染病が蔓延しているこの町に健康な家畜を運んでくる農家があるだろうか。考えれば考えるほど矛盾だらけだった。

天賀の豚舎も、村瀬の豚舎も十キロ圏内であった。天賀は眠られぬ夜が多くなった。そんな夜、植えたみかんが実をつけぬまま全滅した四十年前のことが思いだされた。あのときと同じだ。

水のない開拓地にようやく用水路をつくり、いよいよ水田が始められると意気ごんだとき、国が農業転換政策を発表し、もうコメはいらないからと、柑橘類への転換を奨励した。天賀が農業高校を卒業してまもなくのころである。両親は農協から金を借り、みかんを植えた。みかんが実をつけるのは三年後である。それまでは他県のみかん産地に季節労働者として働きに行き、技術と経営を学んだ。待ちに待った三年目のその年、巨大台風が襲った。みかんは枝折れし、あとには根おこしと片づけ、農協への借金が残った。

あの頃の両親は、いまの天賀と同じくらいの年齢だったろう。入植してから苦労の連続だったにちがいない。両親は寒村の農家の出で、戦時中は軍需工場で働いていたが、工場は爆撃され、戦後は軍需産業も解体したので、働き口を失って故郷に帰った。帰っても暮らしてはいけず、そんなとき村役場で入植者募集の案内を見たのである。

入植が優先的に認められたのは、旧満州からの引き揚げ家族、復員軍人、そして天賀の両親のように元軍需工場従事員である。開拓地はいま天賀が住んでいるこの畜産ゾーンではなく、敗戦までは陸軍の飛行場で、特攻機が集結し、知覧に向けて飛び立ったところである。軍馬の訓練場もあった。敗戦で軍隊が解体したので、旧陸軍の用地一千ヘクタール余が開放されたのである。入植者は一戸当たり一・五ヘクタールということだったが、希望者が多かったため、一戸当たり一ヘクタールとなった。初期に一千戸が入植したことになる。

入植者は旧陸軍の兵舎に雑居した。しかし遅れて入植した天賀の両親は入ることができず、軍馬の退避壕に屋根をかけて住んだ。

「馬糞はあるし、獣臭かったわ」

という話を天賀は何度も聞いたことがある。

入植から七年後に開墾成功検査があった。未開墾の土地が少し残っていたが、ほぼ九割の開墾を終えていたので、天賀家には一ヘクタールの所有が認められた。

一九五五年、天賀が小学校へ入学するときのことだった。防衛庁が軍用地にするから土地を返せといってきたのである。憲法九条のもと、軍隊をもつことはできないが、それと同じような機能をもつ自衛隊が発足していた。防衛庁は航空自衛隊の練習基地にするという。農家も議会も反対した。しかし商店会が誘致運動を展開し、議会がこれに動かされ、ついに入植者は代替地に移らざるを得なくなった。それがいまのこの土地である。

その後のことは、天賀はよく覚えている。みかんを植えたのもここだった。移ってきた当初、ここは痩せた火山灰地で、ひどい酸性土だった。石灰を撒いて中和しながら耕作したが売れるようなものはできなかった。開田するために用水路工事が行われており、そこへ行くと日当が出た。どの家でも家畜を二、三頭飼っており、学校へ行く前、草刈りに行って家畜に餌をやるのが子どもらの仕事だった。政府がコメ増産の奨励をやめ、農業転換の方向に舵を切ったのが、用水路が完成した年だったのだ。

このあたり一帯が畜産ゾーンを形成していったのは、日本が高度経済成長に向かって駆けあがっていった時期である。それまで、一般のサラリーマンにとって、牛肉はもとより豚肉もたまにしか食べられなかった。国民の所得が増え、近々、肉の消費が増えると予想し、畜産が奨励されたのである。

三か月間の預かり豚農家から、天賀ははじめた。子豚は三キロ程度で生まれる。完全に乳離れする三週間後には十五キロほどになっている。十五キロの子豚を預かり、三か月で七十キロにして業者に返す。だが、預託農家は利が薄い。豚に事故があったときの用心に保険もかけており、純益は少ない。天賀はかたわら自分の豚を飼い、研究して種つけまでやるようになった。自然交配でやっていたら、五、六頭しか生まれない。畜産農家としてやっていくには、十二、三頭を産ませなければならない。

子豚の素質は、雌豚からの影響より雄豚の影響のほうが強い。元気な子豚を産ませるにはよい精液が必要で、精液を宅配する業者もいる。しかし、そんなものを買っていたら採算がとれない。天賀は精液採取から受精まで、ぜんぶ自分でやった。村瀬はよい相談相手だった。アメリカで開発され、赤身が多く、成長が早いデュロック種、発育はおそいが肉質のよいヨークシャー、日本の気候に順応したランドレース、この三種を三元交配した。生まれた雄豚から発育がよいものを数頭選んで種豚とし、あとの雄豚は去勢した。

雌豚に空体をつくらないというのが、原則のなかの原則だった。天賀家の雌豚八十頭は、受精しては子を産み、受精しては子を産んだ。受精から生まれてくるまで百十四日、つまり、三か月と三週三日である。

授乳期は三週間、乳離れすると、母豚にはすぐ受精させた。天賀に選ばれた雌豚は、選ばれたよい餌を食うかわりに、一年に二・四回子を産んだ。母豚はまったくむだというものなしに働き、生まれた子豚は六か月後に百二、三十キロの成豚になって出荷された。

産みつづける雌豚は、たいてい三年くらいで疲れはて、子豚の数も減ってくる。疲れた豚は廃用肉豚として市場に出されていく。

それから三十年、年ごとにアメリカやオーストラリアからの安い肉に市場を狭められ、効率、密飼い、高い飼料、過労働とむりにむりを重ねてきた。天賀も身を粉にして働いてきたが、豚も身を粉にして働いた。ウイルスは空中を舞いながら、限界、限界と歌っているのではあるまいか。

今年の初め、台湾と韓国で口蹄疫が発生した。二十年前にはヨーロッパで大流行した。そのとき豚肉の相場が二倍以上に跳ねあがり、天賀は大よろこびした。あのとき、ヨーロッパの畜産農家は何を考えていたろうか。どんなふうに眠られぬ夜を過ごしたのだろうか。

7

気象庁の予報どおり、連日、異常な暑さがつづいていた。吉井医師が、右手を高くあげて、一、二、三と指を折った日から、二か月が過ぎていた。そしてその暑さのもとで、家畜たちはあえぎながら死ぬ順番を待っていた。

半径十キロ以内は全頭処分、二十キロ以内は早期出荷が実行されていた。患畜が出た順に、処分の順番が決められていた。

天賀の七百頭の豚たちはまだ一頭も感染してはいなかった。豚舎が十キロ以内だから、発病しようとしなかろうといずれ番が来れば死ぬ運命である。

それがわかっていながら、天賀も妻のサチ江も毎朝豚舎に行き、蹄に水ぶくれができていないか、雌豚の乳房が赤くはれてはいないかと調べた。

処分方法は安楽死とのことである。母豚や種雄豚は巨体だから、鎮静剤を打ったあと、頸動脈にパコマを注射して薬殺する。もしくは、鎮静剤を注射してから頸動脈に電気盤を押しあてて殺す。心臓に押しあてると血が流れているあいだ苦しむが、頸動脈なら一瞬だと天賀は聞いていた。体の小さい哺乳豚や子豚は、深型のトラックの荷台に誘導し、まわりをブルーシートで覆ってから炭酸ガスを注入する。牛はスタンチョンで捕まえて頸部をロープでつないでから鎮静剤を打ち、パコマで死亡させる。

太陽が熱く照りつけていた。その暑さは、死ぬ前の家畜をさらに悲惨にした。

口蹄疫豚が出た豚舎では、ウイルスが外に出ないよう、ビニールシートで豚舎のまわりを蔽わなければならなかった。処分の順番は決まっていても、埋却場所が決まらないかぎり殺処分することはできない。生きている豚も危険だが、死体になった彼らを放置するならいっそう危険な存在になる。法律では、個人の所有地に埋却するときめているが、何百頭という牛や豚を埋却する土地をもつ農業者はかぎられている。公有地を提供しなければならなかった。まず町有地はどこにあるか。それは埋却できる土地か。町役場の職員は土地台帳を繰り、聞きこみに入るいっぽう、県と国とに土地を提供してもらえるよう交渉に行った。彼らは切りつめた日程を組んだが、どんなに切りつめても、こうした出張のために二日間は町役場を留守にしなければならなかった。県や国を訪問した職員は、生まれて初めてこの国の政治に激しい憤りを覚えて帰ってきた。国も県も何もしてくれない。町の訴えを聞いた県が、いっしょに国につめよってくれるのではない。国は国、県は県、それぞれ別々に要求しなければならない。こんな不合理なことがあるだろうか。拠点での消毒にはあいかわらず人を出さねばならず。殺処分をする農場へ獣医や自衛隊員を案内するのはもちろん、保定の手伝いもし、農民への説得にもあたる。人が足りない。やけになった職員は、二日かかる出張を一日に切りつめた。早朝に車で自宅を発ち、県庁へ行き、その足で空港に行って、霞が関へ飛び、その日の夜遅く、くたくたになって帰ってくるのである。

さらに彼らを憤慨させたことがあった。非常事態宣言を出してから、国はようやく国有地の開放を許可し、二か所を示してきたが、どちらも埋却にはまったく不適な土地だった。

一つは海岸線にあった。そんなところに埋却したらどうなるか。そこに埋却すれば、海風に吹かれ、高波に洗われて、遅かれ早かれ死体は露出してくる。子どもでもわかることだ。もう一つの土地は、周囲が新興住宅の密集地になっていた。国の役人は、住宅地の周辺に、伝染病の豚を埋却してよいと考えているのだろうか。役人は、地図を見ても何も読みとれないのだろうか。

畜産課の課長は頭に血が上ったようになり、日ごろ温和な性格であったにもかかわらず、会う人ごとに火を噴いたように国と県の悪口をいいはじめた。国も県のあてにならない。おれたちがやらなきゃだめなんだ。政府はあてにできない。

埋却地が決まるまで、豚には生きていてもらわなければならなかった。ビニールシートで蔽われた豚舎の中は蒸し風呂の暑さになった。豚は汗腺が少ない。発汗で体温を調節できないから、体を冷やそうとして、泥や糞尿のなかを転げまわった。処分の順番を待つ豚たちは、死ぬ前に死ぬにひとしい苦しみを味わわなければならなかった。

人間たちは、扇風機をかけ、冷房も使っている。だのに、道一つ隔てた向こうの豚舎では、豚たちがすし詰めになり、暑さに苦しんで目を充血させ、キイキイと鳴くこともできずにいる。その苦しみを見て、だれも平静ではいられなかった。

彼らは倉庫から古い扇風機を捜しだし、豚舎に持ちこんだ。家で使っている扇風機も豚舎に持っていった。しかし、それは熱風をいたずらにこねまわすだけだった。氷柱を注文して豚舎においてやる者もいた。氷柱はたちまち溶けていった。

禁じられているビニールの蔽いを少しだけ開けてやる者もいた。しかし、そこから入るのは熱波であり、内と外の熱風がわずかに交換されただけだった。

「豚さんも地獄やねえ」

とサチ江がいった。

「こんげ苦しむなら早く死なせてやりたいて、喜美ちゃんのいうちょりやった」

被害は牛豚の畜産農家だけではなかった。野菜農家も被害を受けていた。

スイートコーンとキャベツの収穫期だったが、どちらも契約を反故にされた。口蹄疫の家畜の堆肥で育てたコーンやキャベツではないか。口蹄疫のウイルスがついているのではないか。人間には害がないというが、わざわざ買う必要はない。野菜についたウイルスが別の地域に運搬され、そこでまた口蹄疫を発生させるかもしれないではないか。

役場や農協は否定し、出荷箱に町の名を特定しないようにという通達をまわした。飼料用のコメも買い手がなくなった。一九七〇年に国の減反政策がはじまって、全国の水田の四割が休耕田や転作田になったとき、この町では減反した田圃に飼料用のコメを作付けし、畜産農家と契約するようにした。飼料用コメは反当り定額の七万円で取引された。だが、家畜そのものがいなくなるのだから、飼料がどうして必要だろう。

出荷できない豚に、これまでどおり値の張る飼料を与えるわけにはゆかない。天賀の畜舎でも、ふすまと豆腐殻のまじった餌を与えることにした。

「豚さんは味のちがいがすぐわかるなあ」

サチ江が感心したようにいった。

「ひと口食べてみて、ふしぎそうにダクトの上のほうを見ちょったわ」

飢えはじめたのは豚だけではなかった。人間も飢えた。コメはある。しかし、総菜が限られていた。畑にあるのはキャベツと芋だけであった。みんな無性に魚が食べたかった。しかも生の魚、刺身が食べたかった。しかし、魚を買いに行くこともできないし、すし屋に行くことはましてできない。

豚が死ぬ日が、天賀らが解放されて、晴れて外出できる日だった。天賀は村瀬に電話をした。

妻が入院している村瀬は食事に不自由しているのではあるまいか。

「村瀬さん、どうね。ちゃんと食うちょると?」

電話に出た村瀬は、

「豚は食うちょるよ」

と低い声で笑った。

「豚はともかくじゃ。村瀬さんは、飯、どうしとるね」

「敏子がつくって持ってきてくれる。うちまでは来れんかい、段ボールに入れて、ブロック塀に置いちょっとや」

敏子とは村瀬の長女の名である。

家畜農家に入るとウイルスを衣服につけて持ち帰ることにもなりかねず、役所も農家も誰も彼もが用心しているのだ。

「そうか。そんなら安心じゃ」

「それよりおれ、気味悪くてたまらん。家に真っ白い虫が発生しちょっとよ。おれが飯食っちょると、いきなりざあっと襲撃してくるとよ」

「何の虫や」

「わからん。見たこつんない虫じゃ。腕にも顔にもとまりよる。朝、庭に出れば、おれめがけて飛んでくる。どこでんここでんついてきて邪魔するんじゃ」

「保健所に連絡したとか」

「した。調べに来るていうちょりやった。じゃけん、気味が悪いっちゃ」

「どんな虫ね?」

「羽も腹も真っ白じゃ。頭も目玉も真っ白じゃ。それが庭の木に群がっちょる。おれが動くとざあって飛びたってくるとよ。白豚の怨霊じゃなかかち思うんじゃ」

「まさか」

冗談だと笑って天賀は受けながした。村瀬は気が弱くなっていると感じた。妻が入院し、長い夜をひとりで耐えなければならないのだ。村瀬も眠られない長い夜を過ごしているにちがいない。体を壊さなければよいがと、と考えていると村瀬がいった。

「おれ、隣の白豚を殺すとこ、見たつよ。安楽死ちいうたち、あれは安楽死じゃねえっちゃ。病気ならともかく、元気な豚が安楽に死ぬなんて、そんげなこつ、この世の中にありえんのじゃ」

「苦しむんか。そうじゃろうな」

「安楽死ちいうの、嘘じゃ。現場を見ない人間の気休めじゃっち。見ればわかる。すぐわかる。白い虫は白豚じゃ。白い虫になって怒っちょるんじゃ」

返すことばがなかった。自分たちは恩のある豚や牛を殺している。牛や豚のおかげで子どもたちが育ち、牛や豚が子どもを大学へ行かせてくれた。口蹄疫がこんなに広がらないうちに処置することはできたのだ。にもかかわらず、慢心があった。外国ならともかく日本なら抑えこめると思っていた。豚の怨霊が出てもふしぎはない。

天賀は二、三日前、サチ江が友人のことだといってこんな話をしたのを思いだした。豚を埋却した畑から毎夜鬼火が立つというのである。それだけなら燐が燃えているといえばすむ。しかし、その鬼火が集まって輪になり、家のまわりを疾走するので、怖くて眠れないという。火だけではなく、豚の体が家にぶつかるドスンドスンという音もするという。

みんなおびえている。生き物を殺す自分たちにおびえている。
二、三日後、村瀬から電話が入った。
「白い虫の正体のわかったど」

村瀬がいった。

「なんね。何じゃったね」

「蠅じゃ」

「蠅？　ただの蠅か」

「石灰から生まれた蠅じゃと。豚舎にいた蛆が石灰のなかをくぐって成虫になったかい、石灰まみれの白い蠅になったつや。豚舎に食いもんがなくなったかい、いっせいにおれんちに引っ越してきたっちゃが」

村瀬はいったが、声は明るくなかった。

非常事態宣言と時を同じくして、地元の獣医の禁足が解かれた。ウイルスの潜伏期間が過ぎたからというのが公式の説明だったが、患畜のいる畜舎に出入りしてウイルスをばらまく危険があるという点では、地元の獣医も県外の獣医も同じだったから、禁足はもっと早く解くべきだった。そうすれば、ワクチン接種にしても処分にしても、もう少し段取りよく進んだはずだった。

獣医師会の呼びかけで全国から獣医が駆けつけてくれたのはありがたかった。しかし、大型動物への注射に慣れていない獣医も多かった。八百キロから一トンもある肉牛を見るのは初めてという獣医もいた。ペットの獣医もいた。どの獣医も殺すために獣医になっているわけではなかった。

頸動脈にパコマを注射されて仲間が倒れると、百キロ近い豚は、危険を感じてくるりと向きを変え、その拍子に注射器をもつ獣医を押し倒した。豚がたえまなく動くため、頸動脈に射すつもりが尻に刺してしまうこともしばしばだった。

平均体重八百キロの肉牛は、皮が厚いために頸動脈が探しあてられない。牛は暴れだし、保定した杭を引きぬいて、ロープをつけたまま牧草地を走りだした。頭を低くかまえ、怒りくるって機材をなぎ倒し、右へ左へと疾走する。こうなると人間の力では何人かかっても捕らえることができなかった。怒りくるう牛が牧草地から飛びだして民家へ向かったらたいへんだ。農場主は軽トラに乗って追いかけた。補助員も軽トラでつづいた。数台の軽トラで牛をとりかこみ、包囲網を狭めて捕獲しようとした。不用意に近づけば車ごと倒される。偶然、一台が、牛のロープを踏んづけた。牛の行動範囲が狭まった。軽トラが集まり、タイヤでロープを踏みつけて牛の動きを狭め、ころあいを見て背中に飛びのってようやくにして鎮静剤を打ちこんだ。牛は地響きを立てて倒れ、そのとたん、獣医も農場主も地べたに投げだされた。

安楽死などではなかった。

8

豚の異常を最初に見つけたのはサチ江だった。サチ江が豚舎で叫んだ。

「病気出たつよ。とうとう出たつよ」

同じ豚舎で蹄や鼻を一頭ずつ点検していた天賀は、その声でサチ江のほうへ急いだ。サチ江は分娩柵の前に体を小さくたたんで、通路にしゃがんでいた。

「ミミの乳首が真っ赤になっちょる」

サチ江には繁殖豚には名前をつけていた。三日前に子を産んだミミの乳房が真っ赤に腫れている。その乳房に子豚が群がって乳を吸っていた。

「これが口蹄疫だったんか」

天賀は厳粛な気持ちになった。これまで朝と夕方にきまってすべての豚の蹄を調べ、脚を眺め、鼻先を観察してきた。日に四回、豚舎のまわりを消石灰や酢で消毒した。半径十キロ以内だったから処分されることは決まっていたが、せめてウイルスからは守ってやろうとがんばってきた。

しかし、勝てなかった。欲望を追いかけてきた人間への、ウイルスの警告なのかもしれない。

「あんなに腫れちょると。腫れて血が出そうや。かわいそうに」

サチ江は母豚を眺めながら、痛ましそうにいった。

「痛いじゃろうに、嫌がらんと子どもに乳を飲ませちょるが。ミミはやっぱり母親やねえ」

ミミの乳を飲むこの子豚たちは、明日か明後日には発病するだろう。

「子豚はあっというまに死ぬんじゃと。心臓麻痺みたいにころっと死ぬんじゃと。血を吐いて死ぬ子もいるんじゃと。乳を吸うのもこれで終いかもしれんね」

豚舎を出て作業着を脱ぎ、消毒してから、天賀は吉井獣医に連絡した。とうとう自分の豚も口蹄疫になったと天賀は伝えた。

「ご苦労さんじゃったねえ。ようここまでがんばった」

吉井のねぎらいのことばが返ってきた。そばでサチ江が顔をおおって泣いていた。サチ江はミミの子どもたちをミミのそばに葬ってやりたいといって泣いた。

殺処分の日は一週間後と決まった。

天賀は考えつづけた。口蹄疫が発生した以上、処分するまでに赤ちゃん豚を先にして多くの子豚が死ぬにちがいない。その死体は豚舎の通路に石灰をかけておくのがいいだろう。埋却地は役場の職員が奔走して獲得した共同埋却地に頼むことにしよう。

天賀ははじめ、自分の畑地に埋却するつもりだった。全頭を埋却できる畑地を天賀はもっていた。しかし、隣地の畑の持ち主から反対された。隣は茶畑だった。茶の葉に影響するからやめてくれ、というのだ。隣の畑より天賀の畑のほうが低い位置にあり、もし汚水が浸みだしたとしても、隣に浸みだすはずがない。村瀬にいうと、

「おまえ、自分の土地がやぞ。なんぞ遠慮することがあるんね。水は上から下へ流るるとぞ。なんで上の土地に影響があるもんよ」

といってくれたが、天賀はそれ以上隣の主人と交渉するのはやめた。この土地は、やがては天賀の手を離れ、子や孫の代になる。農業を継ぐかどうかはわからないが、地球温暖化が進み、食料自給率がさらに下がっていったとき、農地はだいじな命綱になるだろう。そのとき隣の家としこりができるようなことはしたくない。共同埋却地は、希望者が殺到しているが、事情を話せば理解してくれるはずだ。なんとかそこに頼むことにしよう。

明日は殺処分という日、サチ江のキルト仲間の榎本喜美子が訪ねてきた。

彼女は運転してきた軽トラックをとめ、大声でサチ江を呼んだ。サチ江が出ていった。

「ようがんばったねえ。あしたはお別れじゃねえ」

サチ江と話す喜美子の声が聞こえてきた。榎本家は野菜農家で、牛も四頭飼っている。

「スイートコーンを持ってきたの。豚さんに食わしてやって。豚さんの好物やろ。せめて最後に食わしてやって」

軽トラックにスイートコーンとイタリアングラスが山と積まれていた。

「ありがとう。ろくなもん食べさしてなかったちゃ。豚さん、大よろこびするとじゃろ」

「あしたは私の家に来とるといいよ。処分、見たらいかんよ。うちはもう終わったかい、うちに来るといいよ」

「ありがと。じゃけん、うちにいて看とってやりたかよ」

サチ江が答えていた。

スイートコーンを刻んで豚舎に配ったあと、天賀はサチ江にいった。

「おまえ。あしたは家におるな。うまいもんでん食うてこい。日が暮れるまで帰らんほうがいいぞ」

「豚さんがいなくなるちゅうがに、そんなもん食うちょられんが」

「買いたい物のあるとやろう」

「なんにもないわ」

「とにかく家におるな。喜美ちゃんもああいってくれるっちゃ、喜美ちゃんの家に行って、キルトでんしちょったらどうや」

「最後までそばにおってやりたか」

「見んほうがいいちゃ。おれがそばについちょってやるかい、おまえのぶんまでやっちゃるかい」

「ユウ太は暴れるやろね。ユウ太は誇り高いがに人のいうなりにならんと。きっと抵抗するちゃ。ユウ太がちゃんと死ねるようにしてやりたかよ」

ユウ太はサチ江の気に入りの雄豚だった。なぜか威張りくさるので愛嬌があった。ふだんはひとりで餌を食っているが、ときどき思いだしたように雄豚が数頭いる隣の房の中におもむろに入っていく。雄豚の群れに割って入り、彼らの腹を鼻息荒く数回突きあげる。乱暴をするわけではない。数回突きあげて、ただそれだけで帰ってくる。サチ江によると、おまえら、おれの存在を忘れるな、おれが親分なんだぞ、ということになる。

「ユウ太のそばにおってやりたか」

サチ江はそういった。しかし、翌朝、おから入りの餌を豚舎に配りおわると、やはり喜美子の家に行くといって出ていった。

白い防護服の一行が到着したのは、サチ江が出かけたすぐあとだった。豚たちは何も知らずに餌を食べていた。

処理隊に課せられているのは、一日で一農家の家畜をすべて処分し、空になった畜舎を消毒し、埋却も終えて日暮れまでに重機と機材をキャタピラに至るまですべて消毒することである。一頭ずつ麻酔を打ち、麻酔が効いているかをたしかめ、そのうえで死薬を打つ。寝ている豚なら麻酔も打ちやすいが、立っている豚は動きまわらないよう数頭ずつパネルで囲いながら隅に押しつけてから打つ。元気な豚は鎮静剤を打っても目覚めようとするため、キイキイと悲鳴をあげつつ、よろめいて倒れた。天賀はパネルを持ち、保定を手伝った。

子豚はトラックに載せてシートをかぶせ、埋却地まで運んでそこで炭酸ガスを注入して処分することになっていた。ガス殺は子豚だけのはずだった。大きくなると絶息するまでの時間が長く、苦しみが長くなる。しかし、時間が足りない。日暮れまでに全頭を処分し、埋却場所に運び、深さ四メートルの穴の底に重ならないように並べ、石灰をかけ、籾殻をかけ、土を埋めもどし、その上に二メートルの土盛りをしなければならない。時間がないという理由で、七十キロの青年豚までガスが使われることになった。

青年豚の処分は、豚舎の近くの畑で行われた。そこにトラックが待っていた。豚を籠に追いこみ、クレーンで吊りあげ、トラックの荷台に下ろす。見ていると、下ろすなどと悠長なものではない。荷台から二メートルもの高さで籠の蓋が開き、豚たちはその高さから墜落させられた。

落とされた瞬間、豚は荷台にぶちあたり、骨折してギャッと悲鳴をあげた。立とうとして鳴き騒ぎ、もがいているうちに、さらに次の豚が墜落してくる。安楽死どころではない。下敷きになった豚は、ガスで殺されるまえに、圧死寸前になって苦しんだ。トラックには詰められるだけ詰めこまれた。いちばん下になった豚は、もう死んでいるかもしれない。看とってやると約束したのに、天賀は見ていることすらできなかった。

シートをかぶせると、豚はいっそう騒いだ。上になった豚は、シートを跳ね上げようともがく。どうせなら早くガスを注入してくれないか、それだけを天賀は願った。ガスの準備が遅すぎる。何をしているのか。

ガスが注入されはじめたとき、シートの中の豚たちは最後の力をふりしぼって頭や脚でシートを突き破ろうとした。シートがぼこぼことふくらみ、留め金がはずれるかに見えた。

あれは誰の脚か、誰の頭か。そう思って見ている天賀の目の前で、係員が大声をあげていっせいに走りだした。シートをはずさせまいと外から押さえはじめたのだ。呆然としていた天賀も駆けた。苦しみを長引かせるだけだと、その思いだけでシートを押さえた。

昼を少しまわったころから電殺が始まった。あと数頭を残すというとき、サチ江が電話をしてきた。

「お父さん、もう終わったと?」

「だいたいすんだ。あと二頭じゃ」

「誰と誰ね」

「ユウ太とケン太じゃ」

「ユウ太は暴れちょると? ユウ太は頭がいいかい、死ぬのわかって動揺しちょるじゃろうね」

「暴れちょらんよ。動揺もしとらん。ユウ太もケン太もふだんと同じじゃ。落ちついちょるわ。いつもといっちょん変わらんよ」

実際、ユウ太もケン太も落ちついたものだった。白い防護服に身を固めた係の一行がどやどやと入ってきても、動揺したり、驚いたりしなかった。

種豚は電殺であった。あとの搬出と積みこみに便利なように、豚舎の出口まで誘導し、両脇をしっかりパネルで囲い、頸の両側を端子ではさんで電流を流す。豚はグッと喉のつまったような声を出し、百二十キロの巨体がドスンと地上に倒れる。電流を通してから搬出まで一分か二分である。

天賀の種豚は、一頭ずつ出口への道を誘導されていった。ユウ太もケン太も素直だった。脇見もせず、歩度を速めもせず緩めもせず、したがって追いたてられることもなく、ゆったりと自分の歩調で出口へ向かって進んでいった。

顔なじみの獣医がいたので、天賀は耐えきれずに聞いた。

「豚もわかっちょるとですね。もう逃げられんと覚悟を決めちょるとですね」

獣医は首を横にふった。

「わかっちょらんと思いますよ。おそらく何もわかっちょらんでしょう」

天賀が何かいおうとしたとき、獣医がまたいった。

「天賀さんのところは、かわいがって育てておられますもん。かわいがられた豚は素直じゃきに、人間を警戒しちょらんのや」

すべての豚が搬出されたあと、サチ江が帰ってきた。そのときには豚舎の清掃も消毒もすんでいた。

「ほんとうに誰もいなくなったつね。何にもなくなったつね」

石灰で白くなった畜舎を眺めて、サチ江は涙を浮かべた。居間に入ってソファに座ってから、いいにくそうにサチ江はいった。

「ユウ太は苦しんだやろね。あんげな立派な体をしちょるもん、死にきれないで苦しんだやろね」

「苦しまなかったよ。最後まで堂々としとった。おまえのつけた名前のとおりじゃ。悠々としとった」

「そうか。ユウ太は最後まで誇りを失わんかったつね。男らしく死んだつね」

たしかにそうだった。ユウ太は静かに堂々と死に場所に向かって移動していった。何もわかっちょらんと思いますよ、と獣医はいったが、天賀にはそうは見えなかった。覚悟しているように見えた。ユウ太は、一度で死にきれず、二度目で死んだのだった。ユウ太の番になったとき、電気板が故障して十分な電流が流れなかったのだ。ユウ太は二度、電気板に挟まれなければならなかった。

天賀はそのことをサチ江にはいわなかった。あのとき、ユウ太は何をしちょっとかというふうに天賀を見あげたのだ。それだけだった。それを思いだしながら、天賀は、

「堂々としちょったよ。心配するこつはなかよ」

とくりかえした。

天賀家の豚の墓は、家から二キロほど離れた共同埋却地にある。役場の職員が苦労して探し求めた土地だった。国の提案は役に立たず、役場の職員と地元民が駆けずりまわった果ての土地だった。

数日後、サチ江は墓に行ってコスモスの種を蒔いてきた。秋になれば家畜たちの墳墓にとりどりの色の花が咲くだろう。

あとがき

　秋、紅葉の季節になると、私は夕張を思いだす。一九八一年十月、最新の大型機械を導入して出炭をあおっていた夕張新鉱で、突然、ガス突出が起き、九十三人が亡くなるという大災害が発生した。日本は経済大国、バブル大国になっており、と同時に、「不透明な社会」ということばが、大切なものをおおいかくす流行語のように使われていた時代だった。確実な一歩を踏みだせず、現在の平穏におっかなびっくりではあるが安住していた。そのぶん、あいまいな社会であり、本音のいえない社会でもあった。右を向いても左を向いても自分のことばで語ることをせず、そうすることでほどほどの人生を生きようとしていたと思う。

　事故をきっかけに夕張に行った私は、そのときこう書いた。「夕張にはなんでもある。新しいものも、びっくりするほど古めかしいものも。いま進行しているものも、未来をにぎる最先端の鍵も、みなこの狭い山あいの町、夕張のなかに押しこめられている」。そのなかで最も目を開かされ、心に響いたのは人間のこころ、人間の存在だったと思う。存在のあたたかさだったと思う。

　私はルポルタージュや長編「地熱」を上梓したが、短編は単行本としてまとめにくい事情からそのままにしてきた。けれども、お世話になった人の多くが亡き人になり、私自身もそのような年齢に近づいているいま、彼らの生きた証しとして、また私自身も、生きているかぎり初心を忘れまいという気持ちで二作を選んでこの一冊を編むことにした。

「メコンのほとり」「メコンの蛍」も、モチーフは同じところにある。齢をとっても歯がゆいほどの私の歩みである。いつも何かにぶつかり、迷い、苦しみながら書いているが、心に感じたものだけはほんとうのものでありたい。

最後においた「墳墓」は、二〇一〇年四月、家畜の法定伝染病、口蹄疫が九州で発生したときの話である。日本の畜産はどうなるのかと不安になった。書きあげた数日後に、東日本大震災が起きた。大津波と原発被害のまえで日本中が息を呑み、世界の人々にも大きな衝撃を与えた。ふりかえってみて、行政の国民に対する対応が、口蹄疫のときと本質的に変わっていないことに驚いている。

稲沢潤子

二〇一九年　晩秋

初出

わたしの鶩鳥	「群像」一九七九年八月号
雪の夜の夕張	「文化評論」一九八三年二月号
家	「民主文学」一九八三年十一月号
メコンのほとり	「民主文学」二〇〇一年三月号
メコンの蛍	「民主文学」二〇〇二年二月号
ある謝罪	「民主文学」二〇一六年四月号
墳墓	「民主文学」二〇一一年五月号

稲沢潤子（いなざわ・じゅんこ）
1940年生。名古屋大学文学部哲学科卒。
主な著書・小説『紀子の場合』『冬草の萌え』『風に匂う野』。『早春の家』（大月書店）『地熱』『星の降る谷間』『早春の庭』（新日本出版社）など。『地熱』で多喜二・百合子賞。日本文芸家協会会員。日本民主主義文学会会員。1999年より2012年まで、『民主文学』編集長、会長などを務める。

わたしの鷺鳥・墳墓

2019年12月5日　初版第1刷発行

著者 ―― 稲沢潤子
発行者 ―― 平田　勝
発行 ―― 花伝社
発売 ―― 共栄書房
〒101-0065　東京都千代田区西神田2-5-11出版輸送ビル2F
電話　03-3263-3813
FAX　03-3239-8272
E-mail　info@kadensha.net
URL　http://www.kadensha.net
振替 ―― 00140-6-59661
装幀 ―― 佐々木正見
装画 ―― 平田真咲
印刷・製本 ―― 中央精版印刷株式会社

ISBN978-4-7634-0909-6 C0093